ルドルフ・シュタイナー全集

― 著作集 ―

ゲーテの世界観

ルドルフ・シュタイナー著

森 章吾訳

イザラ書房

目次

■ 訳者による文章レイアウトの変更について

R. シュタイナーのドイツ語原文はプレーンな文章で段落も長めである。訳者は読みやすさを考慮し、その文章レイアウト等に手を加えた。

- R. シュタイナーが＊印で区切った箇所を大段落とみなし、そこに見出しを付けた。
- 段落番号を付加し、さらに段落見出しを付けた。
- 長めの段落は小段落に分割し、改行し先頭に「★」を付けた。
- 引用の部分はインデントに変更した。
- 文脈をわかりやすくするために（括弧付き）で言葉を補った。

■ 注について

- 注には著者注、独語版編集者注、人物注、訳者による内容説明的な注の4種類がある。編集者は著者注にデータを加えるなどしていて、訳注以外のほぼすべてに貢献している。
- 人物注は独語版編集者の資料を参考にした。また有名人はネット上に日本語の情報があるので省略した。
- 『ゲーテ自然科学論集』は、当初はキュルシュナー版『ゲーテ全集』中の R. シュタイナーが編集した自然科学論の巻であった。その後、その自然科学論の部分だけが『ゲーテ自然科学論集』として出版された。その中のゲーテの有名な論文は日本語訳が存在するものの、ゲーテの短文や R. シュタイナーによる解説や注のかなりの部分は未訳である。
- 「WA. 1.Abt., Bd.35., S.24」といったアルファベットの略字はそれぞれ以下を意味する。
  WA.：ワイマール版ゲーテ全集。1.Abt.：第1部。Bd.35.：第35巻。S.24：24頁。

■ 資料サイトについて

『色彩論』説明用のカラー資料などを公開したサイトもご参照ください。

新版へのまえがき

新前-01

　私は長年にわたってゲーテの精神の営みを考察し、それをこの
『ゲーテの世界観』としてまとめ、1897年に出版した。当時の私の
目標は「初版へのまえがき」を見ていただきたい。この「まえが
き」を今日再度書くとしても、スタイルの変更はあるにしろ、内容
は変えないだろう。本書の本質的な部分を変更するに足る理由は
私には見当たらないのである。したがって、20年前に本書を世に
送り出した際の感情を、今日、違った階調で語るのは誠実ではない
と思う。本書出版以降のゲーテ関連の文献も、自然科学の最新の成
果も、本書の私の考えに変更を迫るものではなかった。この20年
間の自然科学研究における偉大な進歩を、私は理解しているつも
りである。そうした自然科学の進歩を踏まえた上でも、1897年に
ゲーテの世界観として述べた内容を変更する理由は見当たらない。
当時定説であった自然理念とゲーテの世界観との関係についての
記述は、現代の自然科学に対しても当てはまる。本書をもし現在書
き下ろすとしても、基本姿勢はまったく変わらないだろう。旧版と
の違いは、重要と思われる拡張や補足を行った点だけである。

新前-02

　この16年間に私が発表してきた霊学に関する事柄も本書に本質的
な変更を迫るものではなかったし、この点については新版の「あと
がき」に述べた。

1918年　ルドルフ・シュタイナー

初版へのまえがき

初前-01

　本書で述べた諸々の考えは、ゲーテの世界観に対する私の観察が基盤になっている。この世界観による像を私は長年にわたって繰り返し観察してきた。ゲーテの繊細な感覚器官や精神器官に対して、自然がその本性や法則を開示する様子は私にとっては非常に触発的だった。ゲーテはなぜこうした開示を至福と感じ、時には自身の詩作の才よりも高く評価するのかを私は捉え始めた。ゲーテが次のように語るとき、彼の魂はある感じ方に満たされていたし、私はその中に入り込み、それと共に生きた。

　　非常に深い意味を持つ対象、とりわけ決定的で特徴的な自然の情景と、長期にわたる空白の後に再び出会い、残っていた以前の印象と現在の作用を比較すること、このこと以上に私たちを自己省察へと向かわせる強いきっかけはない。こうした成り行き全体を見渡すと、私たちは次のことに気づく。まず、対象がより以上に意識にのぼる。さらに、以前はその対象に喜びや苦を感じ、快活さや困惑を重ね合わせたのに対し、今度は自己性を手懐けながらその対象物に相応の権利を与え、その特性を認識し、私たちがその対象にしっかりと入り込むなら、その性質をより高いレベルで評価していることを自覚する。芸術的な眼差しによってこうした観方が生れ、この観方が自然研究者の身に付く。そして、過去の感覚がしだいに失われていく危機にあり、新たな感覚が眼や精神の中でより力強く発達することを、はじめは痛みもあったにし

ろ、最終的には幸福感と共に称賛せざるをえないのである[1]。

初前-02

ゲーテの詩を根底から理解しようとするなら、自然現象からゲーテが感じ取った諸印象を知る必要がある。ゲーテは自然創造における本質と生成の秘密を聞き取っていたし、それは彼の芸術的創作の内に生きている。そしてこの秘密は、この詩人が自然について語った言葉を静かに聞き取ろうとする者にだけ明かされる。ゲーテの自然観察に無知な者は、彼の芸術の深みに入り込むことはできない。

初前-03

そう感じて私は、さっそくゲーテの自然研究に取り組み始めた。そうした取り組みは理念として結実し、十年以上前にキュルシュナー版『ドイツ国民文庫』に報告した[2]。その当時始めたことを『ゲーテ自然科学論集』の3巻の続編でさらに発展させ、その中の数巻は最近になって出版された。数年前にワイマール版ゲーテ全集の自然科学の巻を準備する一翼を担うことになった際には、この感じ方が私を導いてくれた。本書は、この仕事を始めるときに持っていた考えと、仕事の進行中の考察内容とで構成されている。この内容を言葉のまったき意味において体験したと言って差し支えないだろう。私はまた、多くの出発点からゲーテの理念への接近を試みた。このたった一人の人物の力と向かい合って私個人の個を守るために、私の中で、ゲーテの観照方法に対して賛同できずにくすぶっていた部分を際立たせた。そして私自身が格闘しつつ世界観を形成するにつれて、私はゲーテをよりよく理解したと思う。ゲーテにとっては暗闇であったゲーテ自身の魂的空間を照らし出す光を私

---

1 『年・日記』(*Tag- und Jahreshefte*) 1805年の終わり。WA. 1.Abt., Bd.35., S.244/245

2 *Einleitungen in Goethes Naturwissenschaftlichen Schriften* 参照。編集の仕事をした時期については『シュタイナー自伝』第I巻、第6章110頁

は探そうとした。彼を完全に理解させてくれるべきものを、私は彼の作品の行間に読みとろうとした。彼自身は意識していなかった彼を支配する精神の力を、見つけ出そうとした。彼の本質にある魂の特徴的な動きを見渡そうとしたのである。

初前-04

そうした事柄における思考的明晰さは小賢しい悟性的知恵として軽蔑されている。魂的営みの神秘的な深淵や人格内のデーモン的な力について語る方が、より深いものと人は思っている。私は誤った神秘心理学のこうした戯言を表面的だと思っていることを白状しなくてはならない。理念世界の内容に触れても何も感じない人間がそうした戯言を言う。彼らはこの内容の深みに入り込むことができず、そこから流れ出る温かさを感じていない。それゆえ彼らはそうした温かさを不明瞭なものに求める。純粋な思考世界という明るい空間に生きることのできる人であれば、その中で他では感じえないものを感じ取る。ゲーテのような人物を認識できるのは、その人物を支配している理念を自らの内にその輝く明確さを持って受け入れられる者だけである。心理的に誤った神秘学に身を置く者はおそらく私の考察方法を冷たいと思うだろう。それとも、闇に包まれ不明瞭なものを意味深いものと同義に取ることができないのは私の問題であろうか。私はゲーテの中で実効ある力を振るう理念を見えたとおりに純粋で明確に表現しようと努めた。おそらく多くの人が私の描いた線やそこに置いた色彩が単純すぎると思うだろう。しかし私の見解では、偉大なものはそれを記念碑的単純さで表現しようとしたときに最も上手く特徴づけられる。些末な装飾や付け足しは考察をぼやけさせてしまう。私にとってゲーテにおいて重要なのは、何らかの経験に触発されて語った意味の浅い枝葉的考えではなく、彼の精神の基本方針なのである。彼の精神がそこここで脇道に逸れることはあるにしろ、一つの主たる傾向は常に認められる。私はそれを辿ろうとした。私が歩み通し

11

た領域が氷のようだと評する人たちには私の方からこう言いたい。心を家にお忘れではありませんかと。

初前-05

ゲーテの世界観のうちでも私自身の思考と感情に立ち現れてくる側面しか述べていないと非難する向きもあるだろう。それに対しては、他者の人格が私自身の本性に則って必然的に現れてくる姿でそれを見ようとしているだけだとしか答えられない。自己を滅して他者の理念を描写する場合の客観性を私は高くは評価しない。そうした客観性のもとでは、生気を欠く色褪せた像しか描けないと私は考えている。他者の世界観を真に表現することの根底は闘いである。完全に圧倒されてしまった者は決して最高の表現者にはならない。異質な力は注意深さを要求する。しかし、自身の対抗手段も相応の役割を果たさなくてはならない。それゆえ私は、ゲーテの思考方法には限界があるという見解を遠慮なく述べてきたのである。そして、ゲーテの思考法では立ち入ることのできない認識領域があることも述べた。ゲーテが入っていかなかった領域、あるいは入ったとしても当て所もなく彷徨ったであろう領域に突き進んでいくために取るべき方向性、つまり世界諸現象を観察する際の方向を私は示した。ある偉大な精神をその道筋からたどることは大変に興味深いし、私はそうした道筋を私自身を前進させてくれる地点までたどりたい。というのは、価値あるものとは、観察や認識ではなく、命ある営みや自身の活動だからである。純粋な歴史学者というのは力のない弱々しい人間である。歴史を認識することによって自らの働きかけというエネルギーや緊張感が奪われる。すべてを理解しようとすると、自分自身は貧しくなる。実りをもたらすものだけが真実であるというのはゲーテの言葉である。私たちの時代にとって実りとなる範囲で、ゲーテの思考世界や感情世界に入り込み、そこに生きるべきなのである。この思考世界や感情世界に埋もれている無数の宝が本書の記述から引き出されると私は

考えている。また、現代科学がゲーテに遅れを取っている地点も指摘した。現代の理念世界の貧しさとゲーテの理念世界の豊かさや広がりを対比した。ゲーテの思考の中には、現代の自然科学が育て実らせるべき芽がある。現代自然科学にとってゲーテの考え方はお手本になりうる。現代自然科学はゲーテよりはるかに多くの観察素材を手にしている。しかし、こうした素材をみすぼらしく不完全な理念内容でしか裏打ちしていない。現代自然科学の思考方法にはゲーテを批判するに足る内容がいかに少ないか、そしてゲーテから学びうることがいかに多いか、それが私の論述に現れていることを望んでいる。

1897年　ルドルフ・シュタイナー

序論

■ ゲーテの世界観を探るための方針 01〜02

序-01 ：ゲーテは自身の世界観を言語化できなかった

　自身の世界観に対するゲーテ自身の言葉に耳を傾けるだけでは、彼の世界観は理解できない。自らの本性の核心を結晶のような鋭い輪郭を持つ文章で表現することは、彼の性分ではなかった。ゲーテにしてみると、そうした文章は現実の正しい解体ではなく、細断であった。生きたものや現実を透明な思考で固定的に捉えることを彼はいくらかためらっていた。彼の内面の営み、外界との関係、事物の観察は非常に豊かで、繊細な構成部分や親密な諸要素などに満たされすぎていたために、ゲーテ自身はそれらを単純な公式にまとめることはできなかった。何らかの体験をきっかけとして、自らを語り出すことはある。それでも常に言葉に過不足があった。出会うものすべてに対して生き生きとかかわるために、しばしば彼は自分自身の全体的性分以上に鋭い表現をとろうとする。また、本性からすれば特定の意見が必然的であるはずなのに、やはり生き生きとした関心から表現を曖昧にしてしまうことも多い。二つの見解の間で決断するとなると、彼は決まって不安になった。自分の考えを鋭く方向付けることで囚われのなさが失われることを嫌った。彼は次のような考えで安心した。

　　人間とは、世界の問いに答えるために生まれたのではない。
　　しかし、問題が生じる地点を探り出し、その上で理解可能な
　　範囲に自分をとどめておくようには生まれついている[1]。

---

1 エッカーマン、『ゲーテとの対話』1825年10月15日

問題が解決済みと思ってしまうと、その問題領域の関連事項をきちんと見なくなってしまう可能性がある。その領域は説明されていると信じるがゆえに、事柄に注意を払わなくなってしまうのである。

★ ゲーテは、何らかの事柄に対し一つの決定的な見解よりも、対立する二極の見解を好んだ。なぜなら彼は、あらゆる事物がそこへとつながる無限性の全貌を見渡すためには、多方向からのアプローチが必要だと考えていたからである。

> 二つの相反する意見の中間に真実が存在すると人は言う。
> それは間違いだ！　問題こそが中間にある。見えぬもの、
> 永遠に活動する命、静かに考えるなら[2]。

現実が何らかのきっかけを与えればいつでも自分の考えを変容させる余地を残すべく、ゲーテは自分の考えを生き生きと保とうとした。彼は正解を得ようとはせず、たえず「真への旅立ち」を目指した。彼は、時期が違えば同じ事柄にも異なることを言っている。一連の現象を永遠に成り立つ法則性で表現しようとする固定的な理論を彼は疑わしく思っていた。そうした理論は、流動的な現実に対する囚われのないつながりを認識力から奪うからである。

序-02 ：ゲーテの世界観は彼の自然科学的研究実践に現れている

さらには、一体であるゲーテの観方の全体を見ようとするなら、彼の発言よりも彼の生き方を重視しなくてはならない。事物の本性を研究する際の彼の事物との関係を注意深く見なくてはいけないし、彼自身が語っていないことも補う必要がある。その大部分が発言の背後に隠れている彼の人格の最奥部に入り込まなくてはならない。彼の言葉はしばしば矛盾している。しかし、彼が命を与えるものは常に自律的な全体に属している。世界観を一つの完結した体系としてはまとめてはいないにしろ、その世界観は一つの完結し

2　『箴言と省察』『ゲーテ自然科学論集』Bd.5 S.362

た人格の中に宿っているのである。彼の生き方を見れば、彼の言葉のあらゆる矛盾は解消する。世界についての彼の思考内に存在するそうした矛盾は、世界そのものに存在する矛盾をそのままに反映しているだけである。

★ 彼は自然についてあれこれと語っている。しかし、自身の自然観を思考体系として組み上げ書き記したことはない。それでもこの領域に対する彼の個々の発言を見渡すと、それらは自ずと一つの全体に組み上がっていく。もし彼が自分の諸見解を関連させつつ完全な形で表現したらどのような思考体系が生じたかをイメージすることができる。ゲーテは自然科学論文で自然界の現象についての考えを実際に書き下ろしている。そして、それらの考えを表明できるゲーテの人格の最奥を明らかにすることを本書の目標とした。

★ 私がこれから述べるであろういくつかがゲーテと矛盾し、ゲーテの言葉に対立すると捉えられるであろうことを私は了解している。しかし、私にとってこの著作で問題となるのは、彼の発言の発展史をまとめることではなく、自然の創造や作用に入り込む深い洞察へと彼を導いた彼の人格の基盤を提示することである。分かりやすくするために、他人の考え方を頼っていたり、どこかの哲学者が用いた公式を提示している文章が数多くあるにしろ、それらからはこうした基盤を見て取ることはできない。エッカーマンに語った内容からは、植物メタモルフォーゼ論などは考えつかなかったゲーテ像を描き出せるだろう。ツェルターに語った言葉を元にしたなら、動物形成についてのゲーテの偉大な考えと矛盾する学問解釈に迷い込んでしまう可能性もある。私が考慮しなかった諸力がゲーテの人格内で働いていたことを私は認める。しかしこうした諸力は、彼の世界観を形成した本来の決定的なものに比べれば二次的でしかない。この決定的な諸力の方を私の力の及ぶかぎり明晰に述べることを私の課題とした。

★ ゲーテの考え方を表現するとしつつも、私自身の世界観の一部を

背後にちらつかせる意図などまったくない。その点は本書を読む
に当たって注意していただきたい。この種の本では、著者自身の世
界観を内容的に盛り込むことは正しくないと思っている。そうで
はなくこの種の本でそれをする場合には記述内容の理解を目的と
する義務を負うと考えている。たとえば私は、西洋の思想発展と
ゲーテとの関係を、ゲーテの世界観の観点から表現するとどうなる
かを述べようとした。個々の人物のそれぞれの世界観を考察する
際に歴史的客観性を保つことができるのは、このやり方だけだと思
われる。別な考察法が入り込むとしたら、そうした一つの世界観を
他の世界観との関係で考察するときである。

西洋の思想発展の中での
ゲーテの位置づけ

第01章
ゲーテとシラー

■ **ゲーテとシラーの衝突は世界観の衝突であった 01～02**

01-01 ：原植物をめぐるゲーテとシラーの対話

1794年7月、イェーナの博物学協会の会合でゲーテ（44歳）はシラー（34歳）と同席し、その後に交わした会話について語っている[1]。シラーはその会議の話し合いに不満な様子だった。事物をばらばらにする自然観察のやり方をシラーは嫌った。そして、そのやり方では素人の興味を失わせるだけだと気づいていた。ゲーテは、そのやり方は専門家でもたぶん訳が分からないだろうし、自然をばらばらに切り刻むのではなく、全体から部分へと能動的に生き生きと向かうものとして提示するという別な自然研究の道がありうると応えた。そしてここでゲーテは、彼の中で湧き上がってきた植物本性についての偉大な理念を展開した。《いくつかの特徴的な線描で象徴的な植物を》シラーの目の前で描いた。この象徴的な植物は、

---

1 『幸運な出来事』『ゲーテ自然科学論集』Bd.1 S.108-113 参照

あらゆる個々の植物の内に生きる本質存在であり、それ自体としてそれぞれの特殊形をとる。この象徴的な植物は、個々の植物器官の順次的生成や分化、そしてそれらの類縁性を示すものとされた。1787年4月17日にパレルモで、ゲーテ（37歳）はこの象徴的な植物について次のように書いている。

　　　そうしたものが存在するはずだ。あれこれの物をどうした
　　　ら植物と認められるのか、もしそれらが一つの手本に沿って
　　　形成されているのでなかったら。

植物形態の多様性を見渡しその共通点に注目したときに、精神に開示した可塑的・理念的フォルムというイメージをゲーテは自らの内に作り上げた。シラーは、個別の植物にではなくすべての植物の内に生きるとされるこの存在について考え、首を振りつつこう言った。

　　　それは経験ではありません、理念です。

ゲーテにしてみると、この言葉はあたかも異次元から来たかのように思われた。彼は、この象徴的な形態には素朴な知覚と同じやり方で行き着いていることを自覚していた。つまり、見て触れて物のイメージをつくるのと同じやり方である。彼にとっては、この象徴的なものあるいは原植物は個々の植物と同じように客観的な存在であった。原植物とは、勝手な思惟によるものではなく、囚われのない観察によるものと思っていた。ゲーテはシラーに対しこう反論できただけだった。

　　　私が自覚もせずに理念を内に持っていて、しかもそれを眼で
　　　も見ているというのは、私にとって非常に素晴らしいことか
　　　もしれない。

そしてシラーが次のように続けると、ゲーテはまったく不機嫌になった。

　　　理念に沿った経験が得られることなどありえるのでしょう
　　　か。理念は、経験とは決して合体しえないという特質を持つ

からです。

01-02 ：ゲーテの直接体験をシラーは理念と観た

この対話では対立する二つの世界観がぶつかり合っている。ゲーテは物における理念を、物の内に直接に現存し、物に働きかけ、物を創造する要素と見ている。彼の見解では、個々の物がある決まったフォルムをとる根拠は、与えられた状況に応じて理念が必然的に特定の仕方で働きかけるからである。「物が理念にそぐわない」という言葉は、ゲーテにとっては無意味である。物とはまさに理念がそれを目指して創り出したものだからである。

★　シラーの考えは違っていた。シラーにとっては理念世界と経験世界とは二つの別々の王国である。空間や時間を満たす多種多様な物や出来事は経験に属している。それとは別種の現実であり理性が支配する理念の王国がそれに対置している。人間には外からは観察、内からは思考という二つの面から認識が流れ込むので、シラーは認識の二つの源泉を区別している。ゲーテにとっては経験世界がただ一つの認識の源泉であり、そこには理念世界も含まれている。彼にとっては、経験と理念という言い方はありえなかった。なぜなら彼にとっての理念は、精神的体験を介して精神的な眼の前にあり、それは感覚世界が肉眼の前にあるのと同じだったからである。

01-03 ：シラーの見解にある哲学的背景

シラーの観方は彼の時代の哲学から生まれたものである。この哲学の方向を決め、また同時に西洋の精神的教養の推進力の発端となる考え方の起源は、古代ギリシアに求めなくてはならない。ゲーテの世界観が持つその独特な本性をイメージするには、ゲーテの世界観を完全にそれ自身だけを根拠に、いわばその世界観から引き出した理念によって特徴を探る必要がある。それは本書の後半で試みられる。

★　しかしそうした検討の前に以下の事実の考察は役立つはずであ

る。つまりゲーテは自然の営みや精神の営みといったテーマについての他者の見解に賛成や対立を感じていたために、特定の事柄について数通りのやり方で発言しているという事実である。ゲーテが自分とは相容れないと感じた考え方やゲーテが自らの視点を確定すべく取り組んだ考え方を考察してはじめて、彼の発言の多くが理解可能になる。何らかの見解に対するゲーテの考え方や感じ方を見ることで彼自身の世界観の本質が明確になるのである。ゲーテの本性のこうした領域について語ろうとするなら、彼の内では意識されずに感じ方にとどまっていた事柄をもすくい上げなくてはならない。

★ 上述のシラーとの会話では、ゲーテの精神的な眼の前に対立する世界観が立ちはだかった。この対立が示すものとは、感覚的経験と精神的経験の間に断絶を見る古代ギリシアの一方の派に由来する考え方に対するゲーテの感じ方であり、また彼に現実を伝えてくれる世界像では感覚的経験と精神的経験が何の断絶もなく合流していると彼が見ていた点である。ゲーテが半無意識に持っていた西洋の世界観に対する観方を、考えというかたちでヴィヴィッドに意識化するなら次のようになるだろう。

> ある取り返しのつかない瞬間に、一人のギリシア思想家において感覚器官に対する不信が支配的になった。感覚器官は人間に真実を伝えず、人間を欺くと思い始めた。素朴で囚われのない観察で得られるものへの信頼を失った。物の真の本性について語る内容が、思考によるものと経験によるものが違うことを見出した。

こうした不信がはじめて宿った頭脳が誰のものかは特定できない。しかしこの不信は、紀元前570年頃コロフォンで生まれたクセノパネスを代表とするエレア学派に見られる。この学派の最重要人物としてパルメニデスが出現する。以前にはなかったほど明確に、人間の認識には二つの源泉があると述べたのである。感覚の印象は

妄想や錯覚であり、経験に拠らない純粋な思考によってのみ人間は真実の認識に到達できるとパルメニデスは説明した。思考と感覚経験にまつわるこうした考え方がパルメニデスにおいて現れたのと同じようなやり方で、後世の多数の哲学発展に病根が接種され、今日もなお学問的教養はこれを病んでいる。こうした考え方の東洋的世界観における起源を語るのは、ゲーテの世界観を述べる本書は場違いである。

第02章
プラトン的世界観

■ **プラトンを曲解したところから西洋哲学の歪みが生じた 01～03**

02-01 ：プラトンの理念（イデア）優先思想

プラトンは、彼特有の驚くほどの大胆さで経験に対する不信を語っている[1]。

> 感覚で知覚する世界に存在する物体などは、真の実在などではない。それらは絶えず生成し、決して存在ではない。それらは相対的な存在にすぎず、すべてが相互の関係性の中で、関係性を介してしか存在しない。したがって、そうした存在をまとめて非存在とも呼べる。ゆえに、それらは真の意味では認識の対象ではない。なぜなら、常に同じ仕方で、それ自体で存在するものだけが認識の対象だからである。それに対し、感覚的なものは感受をきっかけとするその場かぎりの対象である。私たちが知覚だけにとどまるなら、私たちは暗闇の洞窟に椅子に縛られ、後ろを向けないように頭も固定された人間と同じである。彼の後方には火が燃え、火と彼の間には現実の物体がときおり入り込み、彼の前方に壁には現実の物体の影が映し出される。そして後ろを向けない人間はその物体の影しか見ることができない。それどころか、それぞれが、まさにそれ自体が現実の物体の影ですらなく壁に映った影にすぎない。するとその人間にとっての叡知とは、

---

1 この部分の引用については証明されていないが、プラトンの『国家』第7巻《洞窟の比喩》を自由に要約したものである。

影の順序を経験的に学び取り、それを予言することになるだ
ろう。

02-02 ：理念と知覚を峻別するプラトン

プラトンの世界観では、永遠なる現実でそれだけが真実とされる理
念世界と仮象世界という二つの考えに世界全体を引き裂いている。

真の実在と呼べるのは、決して生成も消滅もしない常なる存
在だけである。それが、あの影の元となる理念的な原像であ
り、永遠なる理念であり、すべての物の原型である。その理
念は多数性であることはない。なぜならそれぞれがその本
性からして一つであるからである。それは原像そのもので
あり、その似像あるいは影に相当するのが同名でくくられる
同種の移ろいゆくあらゆる個物である。理念には生成も消
滅もない。なぜならそれは真の意味で存在し、生成・消滅す
る移ろいゆく似像とは別だからである。真の認識が成り立
つ対象とは、いつでも誰でも考察しうるものだけであり、目
を外らすと見えなくなるものではない。

02-03 ：理念と知覚の区別は人間の認識の場においてのみ有効

理念と感覚知覚との区別が正当なのは、人間における認識の成立
を問題にするときだけである。人間は事物を二通りの道筋で語ら
せる必要がある。その本性の一方の側は自主的に語ってくれる。
人はそれに耳を傾けるだけでよい。これは現実における理念を含
まない側である。しかしもう一方の側は人が引き出す必要がある。
思考を活動させねばならず、それによって人間内面が事物の理念
で満たされる。人格の内側こそが、物体に属する理念的な内面が明
かされる舞台なのである。そこで物体は、外から観ていたのでは永
遠に知ることのできない内容を語り出す。自然の本質がここで言
葉になる。事物の認識に二つの音の響き合いが必要である原因は、
人間の機構にある。自然には、二つの音の一方を生むきっかけがあ
る。囚われのない人間はその響き合いを聴き取る。人間は内面に

響く理念的な言葉において物体が彼に届ける発言内容を認識する。囚われのなさを失ってしまうと、この事情を曲解する。内側の言葉は、外的な観照による言葉とは違ったところから生じると思ってしまう。

★　世界は人間に対し二つの側から開示するという事実が人間の世界観にどのような重みを持つかという点がプラトンの意識にのぼった。プラトンは深い洞察からこの事実の重みを評価し、感覚世界（自然）それ自体を単独で観るなら、それを現実とみなしてはならないことを認識した。まず魂の活動によって理念世界を照らし出し、外界を知覚するときに理念と感覚的観察を認識体験として一つにまとめ、精神でそれを観ることができたとき、人間は真の現実を手にしている。感覚的観察において眼前に見えるものとは、理念の光で照らし出されないかぎりは仮象世界にすぎない。このようにプラトンの見解から見ると、パルメニデスが言う知覚される物の幻影的特性の意味が明確になる。そして、プラトン哲学は人類の精神から生じた最も価値のある思想体系の一つであると言える。プラトニズムでは、世界を構築しその根底を支えている理念の獲得こそがあらゆる認識の努力目標であると確信している。内にこうした確信を目覚めさせることのできない者は、プラトン的世界観を理解できない。

★　しかしこのプラトニズムは、西欧の思想進化に入り込む際にもう一つ別な面を示した。プラトンは、理念世界の光に照らされない感覚世界は、人間の観照において幻影にとどまるという認識を強調した。しかしそれだけではなく、こうした事実を提示することである曲解を助長したのである。つまり人間との関係を無視し、感覚世界だけを取り出してそれを仮象と見なし、真の現実は感覚世界とは切り離された理念においてのみ見出されるという曲解である。この曲解からさらに次の問いが生じた。

　　人間以外の場において、理念と感覚世界はどのような関係に

あるのか。

理念を内包しない感覚世界が人間外に存在するという見解を容認できない立場からすれば、理念と感覚世界の関係についての問いは、人間本性内で探究され、解決されるべきである。そしてこれがゲーテ的世界観が取る立場である。

　人間以外の場において、理念と感覚世界はどのような関係にあるのか？

という問いはこの世界観にとっては不健全である。なぜなら人間以外の場である感覚世界には必ず理念が伴うからである。感覚世界から理念を切り離し、それ自体で表象できるのは人間だけである。したがって、「理念と感覚物とはどのような関係にあるか」という西欧思想史における何百年にもわたる問題は、ゲーテの世界観ではまったく余計なことなのである。たとえば前述のシラーとの対話や他の場合のように西欧の思想発展史に脈打つプラトニズムのこうした流れの沈殿物と出会うと、ゲーテの感性はそれを表象における不健全な要素と受け止めた。明言はしなかったものの彼の感性の中に息づき、彼独自の世界観をともに形成していった見解がある。

　いかなるときも人間の健全な感性が教えてくれるものがある。それは現実を全体として開示すべく、観照における言葉と思考における言葉をどのように結び付けるかであり、考え過ぎの思想家はこの点を見過ごしている。

自然が人間にどのように語りかけてくるかを見る代わりに、理念世界と経験の関係について人工的な概念を作り出してしまったのである。

★　ゲーテ自身が方向を定める際に指針とした世界観に対し、彼の目に不健全と映った思考傾向が持つ意味を根底から完全に見通すためには、次のことを考える必要がある。つまり、感覚世界が仮象へと貶（おと）められ、それによって感覚世界に対する理念世界の関係も歪め

てしまう曲解されたプラトニズムが、キリスト教的真理の偏った哲学的解釈によって、西洋思想史の中で強化されていった様子を考える必要がある。ゲーテは自分が不健全と感じるプラトニズムの流れと結びついたキリスト教的世界観と出会ってしまったために、キリスト教との関係も容易には築けなかった。ゲーテは、自分が拒絶したプラトニズムの継続的作用をキリスト教思想史の中で詳細にたどることはしなかったにしろ、彼が出会った思考法の中にそうした継続的作用の沈殿物を感じ取っていた。それゆえ、ゲーテ登場以前の数百年間の思想傾向におけるこの沈殿物の成立を考察することで、ゲーテの思考法の特徴を明らかにしうる。

★ キリスト教思想史ではその多くの代表者が彼岸信仰の検討や精神世界に対する感覚存在が持つ価値の検討に力を注いでいた。理念世界に対する感覚世界の関係が人間外で意味を持つという観方に人々が心酔していった結果、そこに生ずる疑問を抱えつつ神的世界秩序について問い始めた。そしてこの問いと向き合った教父は、この神的な世界秩序内におけるプラトン的理念世界の役割について考えをまとめる必要に迫られた。認識では人間内において理念と感覚世界が直接の観照を介して結びつくという点から危険が生じた。ただそれは、理念と感覚世界を人間外にそれ自体で存在すると考える危険だけでなかった。理念と感覚世界を分離し、諸理念を人間に自然なものとして与えられたものではなく、自然界から切り離された霊性内にそれ自体として存在するとしてしまう危険にまで至ったのである。理念世界と感覚世界についての誤った見解と、人間の完全に意識的な魂に神が現れることはないという正しい見解とが結び付き、理念世界と自然が完全に断絶することになった。すると本来人間精神内に求めなくてはならないことが、人間精神外の創造に求められてしまう。そして、あらゆる物の原像が神的な霊に含まれると考えられるようになる。すると世界とは、神の内に存在する完全なる理念世界の不完全な残照に過ぎなくなる。プラト

ニズムの偏った捉え方の帰結として、理念と（ゲーテ的意味ではな
い）《現実》との関連から人間の魂が切り離される。偏ったプラト
ニズムは、正当に考えられた関係である神的な世界秩序と魂の関係
から逸脱し、理念世界と感覚・仮象世界の人間の魂内での活動とい
う関係にまで達してしまった。アウグスティヌスはそうした考え
方から次のような見解に至った。

> 何の揺るぎもなく次のように信じたい。魂と神には何の共
> 通性もないので、思考する魂は神と同じ本質ではない。それ
> でも、神性とのかかわりにおいて明るさがもたらされうる。

★ こうした思考方法が片寄って誇張されると、自然観察の際に理念
世界を現実的本質として同時に体験する可能性が人間の魂から奪
われてしまう。さらに、そうした同時的体験は非キリスト的とされ
た。キリスト教自体にこの偏ったプラトニズムの観方が広がって
いった。哲学的な世界観としてのプラトニズムは思考の要素にと
どまる。しかし宗教的感性によって思考が感情の営みに沈み込み、
こうして人間本性にしっかりと結びついたのである。西欧の思想
史における偏ったプラトニズムの不健全さがこのように人間の魂
に根づき、それが単に哲学にとどまった場合に比べて深刻さを増
した。

★ 思想発展史は何百年にもわたって次の疑問を抱えていた。

> - 人間が理念として作り上げたものは、現実の物体とどう関係
>   するのだろうか。
> - 理念世界を介して人間の魂内で生きる諸概念とは、現実とは
>   何のかかわりもない単なる表象や名前なのであろうか。
> - 人間は現実を知覚し、悟性を介して把握しているものの、概
>   念自体とは人間が受け取る何らかの現実なのだろうか。

ゲーテ的世界観からすればこれらの問いは、人間存在外の何かにつ
いての事実確認的な問いですらない。人間が現実を観照する中で、

真の人間的認識によって絶え間なく活性化していくとこの問いは
解決してしまう。ゲーテ的世界観から見れば、キリスト教的な考え
の中に偏ったプラトニズムの沈殿物が息づいていることを見出す
だけではない。もし偏ったプラトニズムにまみれているなら、真の
キリスト教に対しても距離を感じるはずである。

★ 世界理解を目指したゲーテの考えの中には、彼が不健全と感じた
プラトニズムに対する拒絶が脈打っている。さらには、人間魂を理
念世界へ高揚させるプラトン流のやり方に対しゲーテは自由な感
覚を持っていたし、これに関連する彼の発言がそれを裏づけてい
る。彼流のやり方で研究し観察しつつ自然と対峙することで、彼
は自身の内に理念現実の働きを感じ取った。また魂がそれを聞き
取ろうとするなら、自然自身が理念の言葉で語っていると感じた。
理念世界を隔離されたものと捉え、それによって植物本性の理念に
対して、「それは経験ではない、理念だ」などと言える可能性を生
み出すことには賛同できなかった。そのとき彼は、ちょうど肉眼で
植物の物質部分を見るのと同様に、精神的な眼で理念を現実とし
て見ていると感じた。このようにゲーテ的世界観では理念世界へ
向かうというプラトニズムを純粋な形で取り入れ、さらにはプラ
トニズムが持つ現実疎外の傾向を克服している。こうした世界観
を構築しているので、偏ったプラトニズムの変装にしか見えない
キリスト教的な考え方もゲーテは必然的に拒絶した。彼が出会い、
またそれを検討しようとしたほとんどの世界観は、その形では役立
たないと感じざるをえなかった。つまり現実に対する理念に即し
た自然な見解を除き、キリスト教・プラトン的な見解を西洋的教養
内において克服することはできないと感じた。

第03章
プラトン的世界観のその後

■ 健全であったアリストテレス思想を神学が歪めて吸収 01～02

03-01 ：アリストテレスの考え

アリストテレスは、世界観におけるプラトン的分裂に空しくも抵抗
した。彼は知覚可能な現象や物が理念を内包するのと同様に、理念
を内包する一体なる存在を自然界の中に見ていた。人間精神内で
のみ、理念は物と結びつかずにそれだけで存在しうる。しかしこの
独立した状態では理念は現実となることはない。現実とは理念と
物体が一体となったものであり、魂だけが理念を知覚可能な物体か
ら分離できる。仮に西洋哲学がアリストテレスの観方を正しく理
解し継承していたら、ゲーテ的世界観から見れば混乱でしかないも
のに哲学が毒されることはなかっただろう。

03-02 ：キリスト教はアリストテレスを歪めて吸収

しかしアリストテレスの正当な解釈は、キリスト教的な考え方の思
想基盤を求める多くの人にとっては快くなかった。真の《キリスト
教的》思想家を自認する多くの人たちは、最も実効性のある原則が
経験世界にあるとする自然観からは出発できなかった。それゆえ、
多くのキリスト教的哲学者や神学者はアリストテレスを曲解した。
彼らはアリストテレスの見解を彼らの見解に沿うように貶め、キリ
スト教的ドグマの論理的支柱にした。創造的な理念を人間精神は
事物中に探してはならなかった。真理は神から人間にまさに啓示
のかたちで伝えられるのである。理性とは、神の啓示を追認するだ
けとされた。アリストテレスの諸定理は中世のキリスト教思想家
によって、宗教的な救済真理を哲学的に補強するという意味づけが

なされた。

★　最も重要なキリスト教思想家であるトマス・アキナスが登場し、
はじめてこの時代のこの思想家に可能な範囲でアリストテレス思
想を深いところでキリスト教的理念発展に織り込む努力がなされ
た。トマス・アキナスの見解によれば、啓示、つまり聖なる書物の
救済の教えは最高の真理を内包している。それに対し理性にはあ
る能力があるとされた。アリストテレスのやり方で事物の深みに
入り込み、その事物の理念内容をそこから引き出す能力である。つ
まり、啓示は低くにまで降り、理性は高みにまで昇り、救済の教え
と人間の認識がある境界で相互に移行し合う。事物に入り込むと
いうアリストテレスのやり方は、トマスにとっては啓示領域にまで
昇るのに役立つのである。

＊　　　　　　　　　　＊
＊

■ ベーコンの思想 03

03-03 ：ベーコンの経験主義

フランシス・ベーコンやデカルトの登場で、人格自体の力によって
真実を探求する意志が頭角を現す新しい時代が幕を開け、ある見解
を確立しようとする思考習慣が台頭してきた。ところがその見解
は、見かけはそれ以前の西洋思想からはかけ離れているものの、実
際には古いものの焼き直しに過ぎなかった。ベーコンやデカルト
も、歪んだ思想世界の遺産としての経験と理念の関係についての間
違った観方を継承していた。ベーコンは自然界の個別な事物に対
する感覚や理解しか持たなかった。時間的、空間的に存在する多様
なものの中から同一あるいは類似のものを集めることで、自然界の
一般法則が得られると彼は確信していた。ゲーテはベーコンを的
確に描写している。

部分から必要なものを選び出し、整理し、最終的に普遍に達

しうるために部分を集めると彼自身は繰り返し主張しているものの、そこでは個物が持つ権利が過大で、彼が賞賛する帰納法によって、単純化や結論に到達する前に命は失せ諸力は萎えてしまう[1]。

ベーコンにとってこの一般的法則とは媒体にすぎず、それによって理性は個物領域を秩序づけて見渡すことはできる。しかし彼はこの法則が、事物の理念内容に基礎づけられているとも思わなかったし、自然界における実際の創造力であるとも思っていなかった。それゆえ彼は、個物から直接に理念を求めることはせず、個物からなる多数を抽象化することによってそれを求めた。個物内に理念が生きていると信じない人が個物内に理念を見出そうと試みることはない。彼は外的に観察したままに物体を受け入れる。ベーコンの真意は、偏ったプラトニズムでは下位とされる外的観察への言及に見て取れる。彼は、外的観察が真実の源泉であると強調している。しかし理念世界に対しては可視世界と同等の権利は認めなかった。彼は理念を人間精神内の主観的な要素とした。彼の思考方法はプラトニズムの裏返しである。プラトンは理念世界のみ、ベーコンは理念を持たない感覚世界のみを現実とした。

★ ベーコンの見解は、自然科学者にとっては現代においても支配力を保ち続ける思想的解釈の出発点である。経験世界における理念的要素についての間違った見解を自然科学者は未だに引きずっている。偏った問題意識によって醸成された中世の見解、つまり理念とは物体に内在する現実ではなく単なる名前にすぎないという見解から自然科学者は抜け出すことができなかった。

＊　　　　　　　＊
＊

---

1 ヴェルラムのベーコン『色彩論、歴史編』工作舎、199頁

03-04 ：私、神、自然を思考から規定したデカルト

その30年後に、ベーコンとは異なる観点から、それでも同様に偏っ
たプラトニズムからの影響を受けつつデカルトが自身の考察を確
立した。囚われのない自然観察に信頼を置かない西洋思想の遺伝
病を彼も患っていた。事物に対する存在性への懐疑とその認識可
能性への懐疑が彼の研究の出発点であった。確実なものを得るた
めに彼は、事物に目を向けるのではなく、文字どおりの非常に狭き
門、いわば抜け道を探した。最も身近な領域である思考に引きこ
もったのである。彼はこう独白する。

> これまで私が真実だと信じた事柄は誤謬でありうる。私が
> 考えた内容も錯覚に立脚しているかもしれない。しかし、一
> つの事実だけは成立するものとして残る。つまり、物につい
> て考えるのは私だという事実である。嘘偽りを考えたとし
> ても、考えているのは私である。私が考えるのであるから、
> 私は存在する。我思う、ゆえに我在り。

これによってデカルトは、それ以降のあらゆる考察の確実な出発点
を得たと信じた。

★ ここでさらに問う。

> 私の思考内容に、真の存在を示すものが他にもないだろ
> うか。

そして、最も完全なる存在としての神という理念を見出す。人間自
身は不完全であるのに、最も完全なる存在という理念がどのように
して人間の思考世界に現れるのだろうか。不完全な存在がそうし
た理念を自身から作り出すのは不可能である。なぜなら、完全なる
ものを思考しうる最も完全なる存在が、不完全な存在だということ
になってしまうのだから。つまり、この最も完全なるものという理
念は、最も完全な存在自身によって人間に植え付けられたはずであ
る。つまり、神も存在しなければならない。

★ さて、完全なる存在が私たちを錯覚させることなどあるだろうか。そう考えると私たちの前に実際に見えている外界もまた、現実でなくてはならない。錯覚だとするなら、外界とは神が私たちを弄ぶ仮象なはずである。現実への信頼感の欠如を継承していたものの、デカルトは上述の論理でその信頼を探した。非常に恣意的な道筋で彼は真実を求めた。一方的に思考の側から始めたのである。確実なものを得るために、彼は思考の力のみを認めた。観察について確信性が付与されうるのは、観察が思考を介して伝えられるときだけであると彼は考えた。

★ デカルトの後継者たちは、この見解から出発して思考それ自体から発展可能で証明可能な真実の全貌を明らかにしようとした。純粋な理性から得られる認識の全体像を見つけ出そうと欲した。直接的に明確で最も単純な見解から出発し、一歩一歩、純粋思考の全体を知り尽くそうとした。この体系は、ユークリッド幾何学をお手本に作り上げられるとされた。単純で真なる定理から始めて、観察の助けは借りずに純粋な演繹によって内容全体を築き上げるという見解をとったからである。そうした純粋理性的真実の体系をスピノザは『エチカ』で提示しようと試みている。素材（Substanz）、属性（Attribut）、様式（Modus）、思考、延長、等々といったいくつかの観念を取り上げ、完全に悟性的にこうした観念の関連や内容を研究した。思考体系の中で現実の本質が語り出すはずであった。スピノザはこの現実から乖離した活動によって成立する認識だけが世界の真の存在に対応し、最適な理念を保証していると考えていた。彼にとっては、感覚知覚によって成立する理念などは、不適切で、混乱し、損なわれたものであった。この観念世界にも理念と感覚知覚の対極についての偏ったプラトニズムの余韻を容易に読み取ることができる。感覚知覚に左右されずに形成された考えだけが認識にとっての価値を有する。

★ スピノザはさらに一歩進めた。この対極を人間の社会道徳とされ

る感じ方や行為にまで拡張したのである。不快感とは、知覚に由来する理念からのみ生じる。そうした諸理念は人間内に欲求や情熱を作り出し、人間がそこにはまり込むとその奴隷になりうる。理性から生じるものだけが無条件の快感を生み出す。したがって人間の至福とは、理性の理念における営み、純粋な理念世界の認識に没頭するときに得られる。感覚世界に由来するものを克服し、真の認識にのみ生きる人が最高の至福を感じるのである。

03-05 ：感覚知覚に依拠するヒュームの経験論

スピノザの後、百年も経ずにスコットランド人のデイヴィット・ヒュームが、またもや感覚知覚の側だけから認識を得ようとする思考方法と共に登場した。空間と時間の中には個々の事物だけが与えられている。思考はそれぞれの感覚知覚を結合するにしろ、その理由は、知覚そのものの中にその結合に対応する何かが存在するからではなく、諸事物をある関連に収めることに悟性が慣れたからなのだという。ある事物が時間に沿って他の事物に続くことを人間は馴染んでいる。そして何かには何かが必ず続くという観念を作り上げる。人間は前者を原因、後者を結果とする。さらに人間は、精神内での思考に身体の運動が続くことも見慣れている。これによって精神の身体運動への作用を説明する。ヒュームによれば人間の理念とは思考習慣以上のものではない。知覚のみが現実性を持っているのである。

＊　　　　　　　＊
＊

■ それ以前の偏った哲学を総合したカント 06

03-06 ：カントの出発点にあった先入観

数世紀の間に誕生した多様な方向の思想を統一したのがカントの世界観である。カントにおいても感覚知覚と理念の関係に対する自然な感性が欠けていた。先駆者たちを研究することで彼は哲学

的な先入観を吸収し、その中に生きていた。こうした先入観は以下のとおりである。

— まずいかなる経験をも含まない純粋な思考によって作り出される必然的真実が存在する。そうした諸真実を内包する数学や純粋物理学が存在することがその証明である。
— 経験からは必然的真実に直接に達することができない。

カントにも感覚世界に対する不信があったのである。さらにそこにヒュームの影響が加わった。カントはヒュームの次の主張を正しいとしている。

— 理念とは、その下で思考が諸知覚をまとめるものであるにしろ、その由来は経験ではない。そうではなく、思考が理念を経験に付加する。

この三つの先入観がカントの思想体系の土台である。人間は必然的真実を所有している。経験が人間に真実を提示することはないので、真実が経験に由来することなどありえない。むしろ人間はその真実を経験に適用する。人間は個々の知覚をこの真実に即してつなぎ合わせる。真実は人間自身から生じるとされている。人間はその本性から純粋な思考によって真実を得て、その真実に相当する関連に諸事物をまとめるとされる。

★ カントはさらに進む。つまり彼は、諸感覚には外から来たものに特定の秩序を与える能力があるとしている。この秩序は、外からの物的印象と一緒に流れ込むのではない。諸印象が時間的空間的な秩序を与えられるのは、感覚知覚になるときである。時間と空間は物体には属してはいない。物体が感覚知覚に諸印象を与えると、これらを時間的空間的に秩序づけるように人間は組織されている。人間が外から受け取るのは印象や感受だけである。そうした事物を時間的空間的に秩序づけること、それらを理念へ要約することと

は人間自身の仕事である。

★　しかし感受もまた事物には由来しない。人間は事物を知覚するのではなく、事物が人間に及ぼす印象だけを知覚する。私が感受するにしても、その事物について私は何も知らない。私は、「私におけるある感受の登場に気づく」と言えるだけである。事物のどの性質によって私の中に感受が呼び起されうるのかを、私は経験できない。カントの見解では、人間は物それ自体とは一切かかわりがなく、事物が彼に及ぼす諸印象、ならびにそうした諸印象をまとめるに当たっての諸関連とだけにかかわるとされる。経験世界とは、客観的に外から取り込まれるのではなく、外からのきっかけによって内側から主観的に作り出される。経験世界が持つ諸特性は、事物ではなく人間的機構が与えている。したがって経験世界は人間とは無関係にそのものとしては存在していない。この立場では、経験に依存しない真実が存在しうるという仮定が不可欠になる。そしてこの仮定的真実は、人間が自身の側から経験世界をどのように規定していくかというやり方だけに関係する。この仮定的真実は人間的機構の諸法則を内包するとされる。またこの仮定的真実は物それ自体とは無関係とされる。

★　つまりカントは、自身の先入観にとどまり続けられる抜け道を見つけたのである。その抜け道とは、経験世界の内容に適用できるものの、経験世界には由来しない必然的真実が存在するというものであった。それでもこの抜け道を見つけるために彼は、人間精神には物それ自体について知る能力がないという見解をとらざるをえなかった。カントは、あらゆる認識を現象世界だけに限定せざるをえなかった。ところがこの現象世界とは事物に触発された人間内の印象を起点とし、人間有機体が自身の中からでっち上げたものであった。

★　カント自身が思い描いた意味において永遠で必然的有効性を持つ真実を真実として捉ええたはずであるのに、カントは何ゆえに物そ

れ自体にこだわったのであろうか。カントにおいて、偏ったプラトニズムは認識を遅らせる結果をもたらしてしまった。プラトンは知覚が物の本質を語らないと見たために、知覚に背を向け、永遠の理念を見据えた。しかしカントは、理念に永遠性と必然性という性質を付与したものの、理念による世界本質の実際の洞察を諦めてしまっている。プラトンは理念世界にとどまった。それは彼が、世界の真の本質は永遠で破壊不能で不変でなければならないと信じ、さらにこの性質が理念においてのみ可能であると見たからである。カントは、理念にこうした性質があると主張できるだけで満足した。理念が世界本性を語り出すことは必要ではなかった。

＊　　　　　　　　　＊
＊

■ **カントのキリスト教思想の取り込み方 07～08**

03-07 ：認識に限界を与えようとしたカント哲学

カントの哲学的思考法は彼の宗教的感性によってさらなる力を与えられた。彼の出発点は、理念世界と感覚知覚との生き生きとした協調を人間本性内に求めることではなかった。そうではなく次のように問うた。

> 人間は、感覚知覚領域には決して現れない何かを、理念世界の体験を介して認識できるか。

ゲーテ的世界観に立つ者にしてみれば、理念の本性を捉えることで理念界の現実的特性を認識しようとするし、そのために理念が、仮象である感覚界において現実を見えるようにする様子を明らかにしようとする。するとこう問う条件が整う。

> このように体験された理念世界の現実性を介して、私は超感覚的真実である自由、不死性、神的な世界秩序、さらにはそれらと人間の認識との関係が見られる領域にどれくらい入り込むことができるのか。

カントは反対に、感覚知覚と理念世界との関係から理念世界の現実性を検証できる可能性を否定している。これらを前提条件とし、彼が無意識に持っていた宗教的感性に促され、彼の学問的業績とされるものが生まれた。つまり学問的な認識、自由、不死性、神的世界秩序にかかわる問いには踏み込めないとした。その結果、人間認識は感覚できる領域までが限界であり、その先は信仰の対象にしかなりえないとしたのである。信仰の場を確保するために、彼は智に制限を加えようとした。

★ ゲーテ的世界観では、まず自然界において理念世界をその本質から観て取り、そこで得た確固たる智を足がかりに理念世界の中で感覚界を超えた経験へと進むのである。感覚世界以外の認識であっても、まず理念と経験の生き生きとした協調を見据えることで認識の確実性を探そうとする。カントはそうした確実性を見い出せなかった。それゆえ、自由、不死性、神的秩序といった観念に対する基礎は認識以外の別な場にあるという出発点をとった。ゲーテ的世界観では、自然界で捉えられた理念世界の本質を土台にすることで、可能な範囲で《物それ自体》を認識しようとする。カント的世界観では、認識に《物それ自体》の世界に光を当てる権利すら認めていない。ゲーテは認識において事物の本性を照らし出す光を灯そうとした。もちろん、照らし出される事物の本性が光の中に存在しないことは彼にとって明らかだった。しかしそれでも照明によるこうした本性の開示は諦めなかった。しかしカントは以下の見解に固執した。

　　　照らされる物の本性は光の中には存在せず、それゆえに光は
　　　この本性を開示できない。

03-08 ：カント哲学の根本的特徴
ゲーテ的世界観と対比するとカント的世界観は次のように捉えられる。この世界観は、古くからの誤謬を排除することで生じたのでもなく、現実への囚われのない根源的な没入によって生じたのでも

ない。そうではなく、受け継がれ、学び取られてきた哲学的そして
宗教的な先入観が論理的に渾然一体となることで生じたのである。
こうした世界観が生じうるのは、自然界での生き生きとした創造に
対する感覚が未熟な人間精神からだけである。そしてこの世界観
は、同様の欠乏を患う人間精神にのみ作用しえた。彼の時代におい
てカントの思考方法がいかに大きな影響を及ぼしたかを見るにつ
けても、偏ったプラトニズムの呪縛の強さが洞察できるだろう。

第04章
ゲーテとプラトン的世界洞察

■ **ゲーテは自然界の理念作用を体験していた 01～02**

04-01 ：ゲーテにとっての理念とは自然内の活動力であった

　ここまで私はプラトンからカント時代までの思想の発展を述べて
きた。それは、強い認識欲求を満足させるべくゲーテが拠り所にし
た哲学思想と向き合った際の彼の印象を示すためであった。彼自
身の本性が彼を数多くの疑問へ駆り立てたにしろ、その解答は哲学
には見つからなかった。ある哲学者の世界観を深く研究するたび
に、教えを請うたはずの思想世界と彼の問いの方向性とが噛み合わ
ないことがはっきりした。その理由は、理念と経験を分離する偏っ
たプラトン的なやり方が彼の本性と相容れなかったからである。

★　彼が自然を観察すると、自然は彼に理念をありありと見せた。そ
れゆえ彼は、自然を理念に満たされたものと考えることができた。
森羅万象に浸透していない理念世界、事物の発生と消滅、生成と成
長を引き起こさない理念世界など、彼にとっては無力な思考的亡
霊にすぎなかった。自然の実際の命や創造に深く入り込みもしな
いで、考えを論理的につなぎ合わせていくことなどは彼にとって
不毛であった。彼は自然との親密な一体感を感じていたからであ
る。そして自分自身を生き生きとした自然の一分岐とみなしてい
た。彼の考えでは、彼の精神内で生じるものとは、自然が彼の内に
生み出したものである。人間は、高みの見物をしつつ事物の本性を
解明する思想体系を自分の中から紡ぎ出せるなどと考えるべきで
はない。自分自身の中を世界生成の奔流（ほんりゅう）が絶えず流れ通っていな
ければならない。そうすれば、理念世界が自然の創造的で活動的な

力以外の何物でもないことを感じ取るだろう。事物の上空を漂い
それについて考えを巡らせることなどは望まず、事物の深くに自ら
入り込み、そこに生き、そこに作用するものを引き出そうとするだ
ろう。

04-02 ：芸術的創作と自然認識

ゲーテの芸術家的本性が彼をそうした思考方法へと導いた。詩の
創作においては、詩が彼の人格から展開するのを感じていたし、そ
れは外界の花が開くときと同じ必然性であった。彼の内部で精神
が芸術作品を創り上げていくやり方は、自然がその被造物を創り上
げていくのと変わりがないように思われた。芸術作品において精
神を持たぬ素材と精神的要素とを分けることができないのと同様
に、自然の事物において理念を持たぬ知覚などを考えることはでき
なかった。知覚の側では不明瞭で混乱したものしか見ず、理念世界
の側ではあらゆる経験を洗い落とし、切り離して捉えようとする観
方を、彼は疎遠と感じていた。偏ったプラトニズムを内包するいか
なる世界観も、彼は反自然的と感じた。それゆえ、彼が哲学者たち
に求めたものを彼らからは得ることができなかった。彼は事物の
中に生きる理念を求めたし、経験できるすべての細部を生き生きと
した全体から発展的に出現させようとしたのに対し、哲学者たちが
彼に提示したものは、論理的な基本定理に沿って体系化された思想
の抜け殻であった。彼が自然界において抱いた謎を解明すべく他
者に参考意見を求めると、そのたびに自分自身に立ち戻るはめに
陥った。

＊　　　　　　　　　＊

＊

■ **芸術には自然界と同じ意味で理念が作用 03〜04**

04-03 ：芸術と認識についてのゲーテの見解

認識への欲求不満がゲーテをイタリア旅行に駆り立てた理由の一

つである。彼はイタリアで、芸術作品を生み出す原動力について考えをまとめることができた。完成された芸術は、人間が神的あるいは永遠的と讃美するものを内包していると認識した。彼は特にいくつかの芸術的創造に興味を惹かれ、それらについてこう記している。

　高度な芸術作品とは、最高次の自然作品として、人間によって真実でしかも自然な法則に則って創り出されている。あらゆる恣意性や思い込みは払拭されている。そこには必然性があり、神がある[1]。

またギリシア芸術に啓発されてこう述べている。

　ギリシア人は、自然自体を支配しているのと同じ諸法則に従っていたと推測するし、私もその線上にいる[2]。

プラトンが理念世界で見出されると信じたもの、哲学者たちがゲーテに提示できなかったもの、それがイタリアの芸術作品から彼に放射されていた。ゲーテにとって認識の基礎と認められるものが、芸術ではより完全なかたちで開示していた。彼は芸術的創造過程に一種のより高次な自然過程を見る。彼にとって芸術的創造とは高進した自然創造なのである。こうしたことを後に、『ヴィンケルマンについて』の中で述べている。

　……人間が自然の頂点に置かれていることによって、人間は自身を自然全体、つまり自然の内部に無数の頂点を創り上げてきた自然全体として再発見する。人間は自らをそこまで高める。あらゆる完全性や徳を自らに浸み込ませ、選択、秩序、調和、意味をそこに盛り込み、最終的には自身を芸術作品へと高めていくことによって……[3]。

1　『イタリア紀行』1787年9月6日、ローマ

2　『イタリア紀行』1787年1月28日、ローマ

3　Kapitel: *Schönheit* WA. 1.Abt., Bd.46, S.29

論理的な論証の途上でではなく、芸術本質の観察によってゲーテは
自分の世界観に到達した。そして、芸術で発見したことを自然でも
捜し求めた。

04-04：イタリアで芸術と認識の共通の基礎を発見

ゲーテにおいては、自然認識の活動と芸術の活動は本質的に同じ
であった。両者は相互に入り込み合い、相互に作用し合っている。
ゲーテによれば、以下のときに芸術家はより偉大かつより決然とす
るはずだと言う。

> もし芸術家が自分の才能に加えて学識ある植物学者である
> とき、つまり根から始まる植物の様々な部位の成長・発達に
> おいて、それらへの影響を見抜き、各部の役割や相互作用を
> 認識し、また、葉、花、受精、果実そして新芽といった継続
> 的な発達を洞察し熟慮するならである。すると諸現象から
> 適切に選択することで単に自分の好みを示すのではなく、そ
> の諸現象の性質を正しく表現することになるし、その表現は
> 私たちに驚嘆と教示を与えてくれるだろう[4]。

自然界の諸法則の中で適切な法則が芸術作品において表現される
なら、それはより完成されたものとなる。真実の王国は一つであ
り、これは芸術も自然も包括している。それゆえ芸術的創造の能力
と、自然認識の能力とは本質的に異なることはありえない。芸術の
スタイルについてゲーテはこう述べている。

> （スタイルとは）認識という最も深い基盤の上に、つまり事
> 物の本質という基盤の上に安定的に成り立ち、そのかぎりに
> おいては事物の本質を視覚可能、触覚可能な形態として認識
> すると言って差し支えない[5]。

★ 偏って捉えられたプラトン的な考え方に由来する世界観では、学

---

4 *Einfache Nachahmung der Natur, Manier, Stil.* WA. 1.Abt., Bd.47, S.82
5 *Einfache Nachahmung der Natur, Manier, Stil.* WA. 1.Abt., Bd.47, S.80

問と芸術は明確に区別される。その世界観では芸術的行為はファンタジーや感情に基づくとされ、学問的な成果はファンタジーとは無縁な概念展開の結果であるという。ゲーテの捉え方は違っていた。彼が自然を見渡すと、そこには無数の理念があり、しかも個々の経験対象に理念部分が欠けることはなかった。理念は個々のものを越えて類縁の対象をも指し示したし、その別な対象においても理念は同様に現象化している。

★ 哲学的考察者は、この理念的な部分をしっかりと保持し、それを自身の思想体系の内に直接に表現する。この理念は芸術家にも作用する。そして理念は芸術家を作品の形成に向かわせるものの、作品内での理念の作用は自然物内における作用とは異なり、眼の前での現象となる。自然物では単に理念的であるもの、そして観察者の精神的な眼にその正体を明かすものが、芸術作品ではリアルになり、感覚可能な現実になる。芸術家は自然界の諸理念を現実化する。しかし芸術家は理念を理念のかたちで意識化する必要はない。芸術家が事物や出来事を観察すると、彼の精神内ではそれはただちに別な形をとって形成されるし、その際には自然物においては単に理念であるものが現実の現象に内包される。芸術家は自然物の像を提供し、その像は自然物の理念的な内容を感覚的内容に置き換えている。哲学者は、思考的観察の前に自然がどのように現れるかを示す。芸術家は、自然における作用力が思考にだけではなく知覚にも現れたなら、自然がどのような姿を取りうるかを示す。哲学者が思想のかたちで、芸術家が像のかたちで表現しているものは真理という同一のものである。両者の違いは単にその表現手段である。

★ ゲーテはイタリアで理念と経験の関係を真に洞察したし、それはゲーテが生来秘めていた種子の結実であった。イタリア旅行によって、種子を成熟させるにふさわしい太陽の熱を得たのである。1782年（33歳）にティーフルト・ジャーナルに発表されたゲーテ原作の『自然』という論文に、後のゲーテの世界観の芽生えが見られ

る。（ゲーテの真作か否かについては著者の証明を参照のこと。ゲーテ協会発行の第7巻[6]）この時期には朧気な感じ方にすぎなかったものが、後にはより明確な思想になっていく。

自然。私たちは自然に取り囲まれ、取り巻かれている — 自然から脱け出すことも、その内に深く入ることもできぬままに。頼みもしないのに、予告もなしに、私たちを自然の舞踏という循環に引き込み、私たちが疲れ果てその腕からすべり落ちるまで踊りつづける。— 自然はすでの考えをまとめているし、絶えず思索する。しかし、人間としてではなく自然として。— 自然は言葉も言語も持たないにしろ、それによって感じ、そして語る心と舌をつくり出す。— 私は自然について語っていない。いやむしろ、真実も誤りも、すべては自然が語った。すべては自然の責任であり、自然の功績である[7]！

この論文を書いた頃のゲーテは、自然が人間を介してその理念的な本性をどのように語り出すかをはっきりとは捉えていなかった。しかし、人間の精神に自然の精神の声が響いてくることは感じ取っていた。

＊　　　　　＊
＊

■ ゲーテが実践した哲学とスピノザ、カントとの関係 05〜06

04-05 ：ゲーテが得た方法論

ゲーテには完全なる満足を約束されたある認識器官の素地があった。そしてイタリアではその認識器官を育てうる精神的な雰囲気

---

6 Rudolf Steiner、『自然についての《断章》』によせて、*Methodische Grundlagen der Anthroposophie* に再録。GA.30, S.320-327

7 『自然』格言。『ゲーテ自然科学論集』Bd.2 S.5

と出会った（37歳）。ローマで彼は、

> カール・フィリップ・モーリッツと共に芸術やそこで必要な
> 理論的な事柄について多くを検討している[8]。

旅行中には植物メタモルフォーゼを観察することで自然に即した
方法を作り上げたし、後になってその方法は生命的自然全体の認識
にも有効だとわかった。

> というのは、植物がそのやり方を一歩ずつ私の眼前で展開し
> てくれ、間違えようはずもなかった。むしろ恩寵のように、
> 植物がそのすべてを秘めた状態から完成の状態へとしだい
> に進んでいく様子を知る手段や道筋を否が応にも認識する
> ことになった[9]。

イタリア旅行から戻って数年後には、無機的自然でも彼の精神的要
求にふさわしい考察の流儀を見つけることになる。

> 物理研究においては、対象物の観察によって現象が現れる際
> の逐一の条件を正確に見つけだし、現象をできるだけ完全な
> かたちで考察することが最高の義務であるという確信が私
> に迫ってきた。というのも、最終的にはそうした諸現象を順
> に並べ、さらには相互関係において捉える必要があり、研究
> 者の眼前にその内的な営みすべてを開示する一種の有機体
> を作り上げなくてはならないからである[10]。

04-06 ：スピノザとゲーテの違い

ゲーテはどこにも光明を見出せなかった。自身で解明せざるをえ
なかった。彼はそうなってしまう理由を探究し、自分に哲学的感性
がないことがその理由だと信じた。しかし本来その理由は、彼の手
に届く範囲の哲学すべてに偏ったプラトニズムが浸透していて、彼

---

8 『近代哲学の影響』潮出版『ゲーテ全集第14巻』、7頁

9 『近代哲学の影響』潮出版『ゲーテ全集第14巻』、7頁

10 同上、7頁

の自然な素質がそれらを受け入れられなかったからである。若い頃、彼は繰り返しスピノザと取り組んだ。それどころか、この哲学者はいかなるときも彼に「穏和な作用」[11]を及ぼしたと告白している。ゲーテがこのように感じた理由は、スピノザが宇宙を一なるもの、偉大なるものとみなし、個々すべてを全体からの必然と考えていたからである。しかしスピノザ哲学の内容に踏み込んでいくと、やはりこれにもゲーテは違和感を覚えた。

> しかし私が彼の著作に賛同し、まさに文字どおりに信奉しているなどとは思わないでいただきたい。というのは、誰も他人を理解しないし、同じ言葉も他人と同じには考えないし、対話や講義も受け取る人によって違った考えを刺激することをはっきりと見てきたからである。そして、デカルトの弟子であり、数学やユダヤ教ラビの文化によって思考の頂点にまで登りつめ、今日もなおあらゆる思索的努力の最高点と見なされる人物を完全に理解するなどといううぬぼれを『ウェルテル』や『ファウスト』の作者が持っておらず、ある人物の完全理解など誤解に過ぎぬことを十分承知していると信じていただけるだろう[12]。

ゲーテがスピノザに入り込みきれなかった理由は、スピノザがデカルトから学んだからでも、数学的・ラビ的文化によって思考の頂点に到ったからでもない。そうではなく、認識法が現実から乖離した純粋に論理的なものだったからである。ゲーテは現実という全体性から思考を分離したくなかったので、経験を伴わず孤立した思考に入り込むことはできなかった。彼は一つの考えを他の考えに論理のみでつなげようとはしなかった。そうした思考活動では真の

11　（スピノザのゲーテに対する）穏和な作用『詩と真実』第4部、16. Buch. WA. 1.Abt., Bd.29, S.11.

12　『詩と真実』第4部、16. Buch. WA. 1.Abt., Bd.29

現実から離れてしまうように思われた。

★ 理念に到達するために、彼は自分の精神を（外的観察などの）経験の中に沈み込ませなくてはならなかった。理念と知覚との相互作用は、彼にとっては精神的な呼吸だったのである。

　　　振り子によって時間が、理念と経験の相互作用によって社会
　　　道徳的、学問的な世界がコントロールされている[13]。

この言葉を信条とする世界観察や現象観察が自然にふさわしいとゲーテには思えた。というのも自然がそれと同じやり方を遵守し、「生き生きとした神秘に満ちた全体から発展して」[14]、時空を占める多種多様な特殊としての現象へと向かう点は彼には疑いの余地がなかったからである。そしてここで言う「神秘に満ちた全体」とは理念の世界なのである。

　　　理念は永遠で一なるものであり、複数形を用いるのは適切で
　　　はない。私たちが知覚し、それについて語りうるすべての事
　　　柄は、理念の開示にすぎない。私たちが概念を語るとき、理
　　　念自体が一つの概念である[15]。

創造的な自然は、理念的である全体から発し、リアルに知覚できる個物へと向かう。それゆえゲーテは観察者に対しこう確信していた。

　　　リアル中に理念（イデアル）を認め、有限であることの不快
　　　感をその都度無限への高進で和らげなければならない[16]。

さらにはこうも言っている。

　　　自然は理念にしたがって振る舞うし、それは人間が常にある

13　『箴言と省察』『ゲーテ自然科学論集』Bd.5 S.430.

14　『近代哲学の影響』潮出版『ゲーテ全集第14巻』、8頁

15　『箴言と省察』『ゲーテ自然科学論集』Bd.5 S.379.

16　『箴言と省察』『ゲーテ自然科学論集』Bd.5 S.425/26.

理念に則って何かを始めるのと同じである[17]。

人間が自らを理念にまで上昇させ、部分である個々の知覚をその理念から把握できたなら、自然が神秘に満ちた全体から被造物を創り出すのと同じものを人間は創り出すことになる。作用し創造する理念を感じ取らないかぎり、人間の思考は生きた自然から乖離している。そうした人間は、思考を自然についての抽象像を投影できるだけの単なる主観的な活動と見なすことになる。しかし、理念が彼の内に息づき活動するのを感じるなら、彼は自分自身と自然を一つの全体と見なし、主観として彼の内に現れるものが、同時に客観的なものにもなる。もはや自然は対立する他者ではなく、その全体との融合を感じられるものとなる。主観が客観になり、客観が精神的なものに完全に浸透されるのである。

★ ゲーテの見解ではカントの根本的な誤りは以下の点にある。

主観的である認識能力自体を客観として見なしている点、そして主観と客観の出会う地点を明確に分けてはいるもののその分け方が完全には正しくない点である[18]。

認識能力を介して語り出すものが自然そのものである点を見落とすと、認識能力が主観的に見えてしまう。客観的な理念世界が主観において命を持ち、つまり自然自体において活動しているものが人間精神内で命を持つと、主観と客観が出会うのである。これが実現すると主観と客観の対立がすべて解消する。こうした対立が意味を持つのは、人間が人為的にそれらを対立させているときだけであり、理念を彼の考えと見なし、その考えを介して自然の本質が写されるにしろ、そこに自然本質の作用はないと見誤っているときだけである。カントやカント主義者たちは、理性という諸理念[19]の中で

---

17 『箴言と省察』『ゲーテ自然科学論集』Bd.5 S.425/26.

18 著者注：WA. 2.Abt., Bd.11, S.376

19 訳注：「理性という諸理念」という表現は本書の中でも特異で唯一ここで用いられているだけである。ゲーテが外界の自然を観照する際に感じ取っていた理念

本質、つまり物それ自体が直接に体験されることを想像だにしなかった。彼らにとっては理念はすべて主観にすぎない。それゆえ彼らの見解では、理念的なものは、その理念的なものが関連する当のもの、つまり経験世界が主観的であるという条件を満たすときにのみ必然的に成り立つとした。カントの思考法はゲーテ的世界観と真っ向から対立する。

★ 確かにゲーテの個々の発言の中にはカントを是認するものもある。カント的な見解が話題にのぼる場に居合わせることも多かった、とゲーテ自身が語っている。

> 少し注意すると、私たち自身と外界がそれぞれどれくらい私たちの精神的存在に寄与しているのかという古くからの中心問題が新しいかたちをとって現れていることがわかった。私はこの両者を分けたことは一度もなかったし、対象を私のやり方で哲学する際には、それを無意識な素朴さで行ったし、自分の見解を眼前に見ていると本当に思っていた。しかし、かの論争が話題になるや否や私は大勢が敬意を示す側に付こうとし、カントへの賛同をすべての友人に示した。つまり「私たちのすべての認識が経験の説明に向かうにしろ、そのすべての認識が経験に由来するものではない」という見解に組みしたのである[20]。

ゲーテの見解では、理念とは経験の感覚知覚からの部分に由来しているのではない。存在の理念的な要素を自分のものとするために、理性やファンタジーを活発に働かせ、存在の内側にまで入り込まなくてはならない。その意味において人間精神は認識の成立に参与している。感覚では近づきえないより高次の現実を精神内で現象

の働きが人間のどのような活動に現れるかをより具体的に述べていると考えられる。

20 『近代哲学の影響』潮出版『ゲーテ全集第14巻』、8頁

へと引き上げられる点が人間を誇りある存在にしているというのがゲーテの見解である。それに対しカントは、高次の現実には精神に由来する部分があるために、経験世界から高次の現実の特徴を切り離した。カントの言葉を自分の世界観の意味で曲解することでゲーテははじめてカントに賛成できたのである。カント思想の根本はゲーテの本性と真っ向から対立する。ゲーテがこうした矛盾を十分明確には強調しなかった理由は、カントの根底がゲーテにとってはあまりにも異質で、それをしっかり受け止めていなかったからである。

> （『純粋理性批判』の）冒頭で、この迷宮にあえて入ることはできないと感じた。すぐに詩才が、そして人間悟性が私を押し留め、何の向上ももたらさないと感じた[21]。

カント主義者との対話では、ゲーテはこう告白せざるをえなかった。

> 彼らは私の話をよく聞いていたにしろ、何の反論もできなかったし、何の前進にもならなかった。嘲笑的な驚きと共に誰かがこう言うのを一度ならず経験した：確かにそれはカント流の考え方のアナロジーだが、非常に風変わりだ[22]。

ここで論述したように、これはカント流の考え方のアナロジーではなく、決定的な対立見解であった。

＊　　　　　＊
＊

■ **シラーによる偏ったプラトニズム側からのゲーテの評価 07**

04-07 ：シラーの見解の問題点

シラーがゲーテと自分との考え方の相違を明らかにしようとした様子は興味深い。彼はゲーテの世界観の根源や自由さを感じ取っ

21　『近代哲学の影響』潮出版『ゲーテ全集第14巻』、8頁

22　『近代哲学の影響』潮出版『ゲーテ全集第14巻』、9頁

ている。しかし彼自身は、偏ったプラトン思想の要素を自らの精神から排除できなかった。つまり感覚と理念が一体となって現実を成しているという見解には至らず、誤った思考方向に惑わされ、悟性によって両者を恣意的に分離して考えてしまっている。それゆえゲーテの精神のあり方を直観的、自らのそれを思惟的と呼んで対置し、そのどちらもが十分に強力であれば同じ目標に到達するはずであると主張した。直観的な精神とは、経験的なもの、つまり個別のものにとどまり、そこから法則や理念に昇っていくと仮定した。そのような精神が天才的である場合、経験の中に必然を、個別の中に類を認識する。反対に思惟的な精神は逆の道筋をとるという。その場合にはまず法則や理念が与えられていて、そこから経験的なものや個別のものに降りていくという。そうした精神が天才的であると、常に類を見ながらもそこには生命の可能性や実際の対象への根拠ある関連を伴って見るとされる。

★ 直観的精神の対極とされる思惟的精神という風変わりな精神のあり方を想定すること自体が、理念世界が感覚世界とは分離した別の存在であるという思い込みの上に成り立っている。もし仮にこれが正しいとしたら、知覚物についての理念内容が精神内にやって来るとされる道筋が、もしそれを経験という範囲内で探さなくとも、存在するはずである。しかし理念世界は経験的現実と不可分に結びついていて、両者は一つの全体としてのみ存在するので、経験の内に理念を見出し、個別と同時に類をも捉えるのは直観的な認識だけである。本当の意味では、シラーが言う純粋な思惟的精神などは存在しない。というのは、類とは個をも包括する領域にしか存在せず、精神はそれをその領域以外で見出すことはないからである。いわゆる思惟的精神が実際に類理念を得たとしても、それは現実世界の観察から得ている。この根源に対する生き生きとした感情や、類と個との必然的関連に対する感情が失われると、そうした理念が経験を経ずとも理性内で得られるという誤った見解が生じる。こ

の意見の信奉者たちは一連の抽象的類概念を純粋理性の内容と見なすし、その理由は、理念と経験とを結ぶ糸が見えない点にある。
★ そのような錯覚は、最も一般的で最も包括的な理念で一番生じやすい。そうした理念は現実の広い領域に広がっているので、この領域に属する個別にまつわる事柄が理念内で消失、弱体化されている。一定数のそうした一般的理念を伝承から受け継ぐこともありうるし、そうなってしまうとそれらを人間生得のものであるとか、純粋理性から紡ぎ出されたなどと信じることになる。そうした信仰に陥ると、精神は自身を思惟的と見なしうる。しかしそこまでいくと、伝承によって植え付けられたもの以外を彼の理念世界から引き出すことはできない。

★ 思惟的な精神が天才的である場合とするシラーの以下の見解は誤りである。

> 常に類を見ながらもそこには生命の可能性や実際の対象への根拠ある関連を伴って見るはずである[23]。

思惟的精神が真の意味での類概念の中にだけ生きるなら、その理念世界内に存在する理念的諸関連が見つかるだけで、理念ではない現実対象についての根拠ある感覚界的関連は見つからない。自然の現実への関連を持ちながらも自らを思惟的としてしまっている精神は、自らの本質を錯覚しそれに囚われている。こうした錯覚は、現実とのつながりや直接の営みへのつながりを軽視するまでに精神を逸脱させうる。真実の源は他にあるという見解なのだから、直接の観察は不要とまで思い込むだろう。こうした精神の末路は決まっていて、その理念世界は必ず弱々しく殺伐としてくる。命の持つ新鮮な色彩が彼の思想から失われていく。現実との繋がりを保って生きようとする者にしてみれば、そうした思考世界から得る

---

23 著者注：1794年8月23日のシラー発ゲーテ宛の手紙、潮出版『ゲーテ＝シラー往復書簡集、上』、書簡番号 4、26頁

ものは少ない。思惟的な精神とは、直観的な精神と同列に論じられる精神のあり方ではなく、営みの乏しい萎縮した思考のあり方なのである。

★ それに対し直観的な精神とは単に個別とかかわるのでもなく、経験内に必然性という特性を求めることもない。そうではなく、その精神が自然に向かうと、ただちにその中で知覚と理念とが結びつき一体になる。両者は相互に貫入して見え、全体性として感じ取られる。その精神は最も一般的な真実、最高の抽象へと上昇しうる。そして実際の直接的命が彼の思考世界内で常に認識されうるだろう。そのような思考方法がゲーテのものであった。ハインロート[24]は彼の人間学の中でこうした思考を適切に述べているし、ゲーテにしてみれば、自分の本性を明確にしてくれているのでそれを非常に気に入っていた。

> ハインロート博士は私の本質とやり方をうまく言い当てていて、それを独特だと言っている。つまり、私の思考能力は次のような意味で対象物的であると言ってくれている。まず私の思考は対象物と分かれておらず、また対象物の諸要素、つまり観照が思考の中に入り込み、思考によってその内奥にまで入り込み尽され、つまりは私の観照自体が思考で、思考が観照なのである[25]。

ハインロートの記述は、根本的には健全な思考が対象物を扱う様子以外の何物でもない。それ以外のやり方は不自然である。観照に重きを置く人は個別のものに拘泥してしまう。彼は現実のより深い基盤に入り込んでいくことができない。抽象的な思考が支配

---

24 人物注：ハインロート、ヨハン・クリスチャン　Heinroth, Johann Christian (1773-1843) ライプツィッヒの博物学者及び人類学者。彼の『人類学の教科書』（1822年）でゲーテの考え方を取り入れている。ゲーテはそれに1823年の論文で答えている。「適切な一語による著しい促進」。

25 『適切な一語による著しい促進』潮出版『ゲーテ全集第14巻』、16頁

的であると、生命の満ち溢れる現実を理解するには概念が不十分であることがわかる。前者の方向で極端に間違えると、個別の事実だけで満足する生粋の経験主義者になる。後者の極端な誤りが、純粋理性を崇拝する哲学者で、思考がその本性からして観照と結びついているという感情を忘れてしまっている。

★ 生き生きとした経験に対する感情を失わずに最高次の真実に上り詰めていく思想家の感動をゲーテはある美しい像で描写している。1784年（34歳）の初頭に、花崗岩についての論文を書いている。花崗岩からなる頂に身を置き、彼はこう語りえた。

> ここでお前は地球の非常なる深みにまで達する基盤の上に静かに立っている。原世界の強固な基盤とお前との間には、新しい地層もなく、流れ寄せられ、積み重なった瓦礫もない。かの肥沃な谷間とは異なり、生命なき墓の上を行く。この頂きには生命の生成もうごめきもない。この頂きはあらゆる生命よりも前にあり、あらゆる生命を超えている。大地が内包する引力や動力がいわば直接に作用し、天からの作用が私を取り巻くこの瞬間、私はより高次の自然観察への上昇を定められる。そして人間精神がすべてに生気を与えるように、抗うことのできない崇高なる比喩が私の中に湧き上がる。この何もない頂を見おろし、さほど遠くない足元にわずかな苔を見つつ、私は「孤独だ！」と独白する。これは真実への最も深く原初で最古の感情にのみ自らの魂を開こうとする者の思いであろう。── 彼は独白するかもしれない。創造の深みの上に直に築かれたこの最古で永遠の祭壇において、すべての存在の本質を供犠として捧げる。人間存在の最初で確実なる創始を感じる。私は世界を、その険しい谷、穏やかな谷、そしてかなたの肥沃な牧草地を見渡す。私の魂は自らを超え、そしてすべてを超えて、この近き空に憧れる。しかしすぐに灼熱の太陽が渇きと飢えという人間的要求を

呼び戻す。そして彼の精神がすでに舞い去った、かの谷々を
振り返る[26]。

認識への高揚感や最古で確実な真実への感性を育てうるのは、理念
世界領域から直接の観照への道を何度でも見出すことのできる限
られた人間だけなのである。

26　『花崗岩について』潮出版『ゲーテ全集第14巻』、240頁

第05章
人格と世界観

■ **自然の最奥の諸力は人間内面で開示する 01**

05-01 ：主観性を適切に評価する

　人は自然の外面を観照によって知る。それに対し、自然の深みに
存在する駆動力はその秘密を人間内面の主観的体験として明かす。
哲学的な世界考察および芸術的感性や芸術的創作においては、主観
的な体験と客観的な観照とが入り込み合っている。人間精神に入
り込む際に二つの部分に分離せざるをえなかったものが、内面にお
いて再び一つの全体になる。自らの内で開示する自然の最奥の秘
密と、客観的に観照される世界とを一体化させ、人の最も高次な精
神的欲求が充足される。認識や芸術的創作とは、内的体験に満たさ
れた観照以外の何物でもない。外界の出来事や物体についての最
も簡単な判断においても、人間の魂体験と外的観照が密接に結び
つく様子が見られる。「ある物体が別の物体に衝突する」と言うと
き、私はすでに内的体験を外界に投影している。私は動く物体を見
る。それが別の物体に当たる。するとその続きとしてこの別な物
体も動く。この文で知覚内容は汲み尽くされている。しかし、これ
では私は満足しない。というのも、「現象全体には単なる感覚知覚
として与えられるもの以上の何かが存在している」と感じるから
である。そして私は、現象を説明する一つの内的体験を掴みとる。
力を加えたり衝突を利用したりすることで私自身が物体を動かせ
ることを知っている。この体験を現象に投影して、「ある物体が別
の物体に衝突する」と言う。つまり、

人間は自分がいかに擬人的であるかがわかっていない[1]。

★　外界に対する判断の一つひとつにこうした主観的な部分が関与することを根拠に、人間は現実の客観的な核には近づけないと論ずる人もいる。人間が主観的な体験を持ち込むために、客観的な直接現実が劣化すると彼らは思っている。彼らはこのように言う。

　　　人間は主観的営みという眼鏡を通してしか世界を考えられないので、すべての認識は単に主観的で人間的制約下にある。

★　しかし人間内で開示するものが何であるかが意識されるなら、そうした不毛な主張とのかかわりを避けられる。感覚と理念とが認識内で入り込み合うことで真実がなり立つことがわかっている。主観内に最も根源的で最奥の客観が生きていることが彼にとっては明らかなのである。

　　　もし人間の健全なる本性が一なる全体として作用するなら、もし世界の中で偉大で美しく価値のある貴重な全体に身を置くと感じるなら、もし調和的心地よさから自由な歓喜が生まれてくるとしたら、さらにもし宇宙が自分を感じ取ることができたなら、宇宙はその頂点に達して歓喜し、さらには自らの生成と本質の頂点に感嘆するであろう[2]。

単なる観照で近づきうる現実とは、現実全体の半分でしかない。残りの半分は人間精神の内容なのである。もし人間が世界と向かい合うことがなかったなら、この第二の部分は決して生き生きとした現象として現れることはないし、全き存在にもならなかったはずである。これは隠れた諸力界として作用した。しかし自らを本来の姿で現す可能性は閉ざされていたはずであった。人間が居なかったら世界は真の姿を示さないとすら言えるだろう。自然はその深

　1　著者注：『箴言と省察』『ゲーテ自然科学論集』Bd.5 S.353

　2　著者注：Kapitel: *Antikes* WA. 1.Abt. Bd.46, S.22

部の諸力によって現在のような姿を見せるにしろ、その深部の諸力はその作用の産物によって覆い隠されたままである。人間精神内でその諸力は魔法から解かれる。人間とは、できあがった世界についての像をつくるためだけに存在するのではない。そうではない、この世界の形成に人間自身が共に作用しているのである。

＊　　　　　　　　＊
＊

■ 真実は個に応じて開示し、認識ではそれを外的体験に結びつける 02

05-02 ：真実は生きていて各人で多様に具現化する

築き上げた主観的な体験は人それぞれである。それを理由に内的世界の客観性を信じない人からすると、人間が事物の本質に入り込むことができないとする理由がさらに一つ増える。ある人にはこう、別の人にはこうと現れてくるものが事物の本質ではありえないからである。

★　内的世界の真の性質を見抜いている人にすれば、内的体験が多様であるのは自然がその豊かな内容を多様に表出できることの現れである。個々人に現れる真実は個人的な衣装をまとっている。真実は人格の特異性に沿ったかたちをとる。人間にとって重要な最高の真実では特にこのことが当てはまる。その真実を得るために人間は、自分の精神的で最も親密な体験を自分が見た世界に重ね合わせ、その体験に自身の最も固有な人格を一体化させるのである。

★　個人的色づけのない万人にとっての真実も存在する。しかしそれらは非常に表面的で非常に自明な真実である。こうした真実は、万人に共通する人間の属としての一般的な特徴に対応している。すべての人間に共通する特定の諸性質からは、事物に対しても同じ判断が生じる。事物の大きさや数の見方は万人に共通する。それゆえ、誰もが同じ数学的な真実を見出す。

★　しかし個人的な真実形成においては、属としての一般的特徴を超

えた個々人の人格にかかわる諸性質がその基盤になる。真実の現れ方が人によって違うことが問題なのではなく、表面に現れてくる個的な形態がすべて一なる全体に属していること、一体である理念世界に属していることが重要なのである。真実は各個人個人の内面に違った言葉、それぞれの方言で語りかける。それぞれの偉大な人物にその人格にだけ理解可能な特有の言葉で語るのである。しかし、そこで語り出すのは常にただ一つの真実である。

> 自分自身との関係や外界との関係を知れば、それを私の真実と言う。それゆえ誰しもが自分固有の真実を持ちうる。それでもその真実は常に同一である[3]。

これがゲーテの見解である。

★ 一つの形態しかとりえない死んで硬直した概念体系が真実なのではない。真実とは生き生きとした海であり、その中に人間精神は生き、その表面には多様なかたちの波が見られる。ゲーテは言う。

> 理論はその単体では役立たず、私たちに現象の関連をわからせるために役立つのである[4]。

それ自体で完結し、その完結したかたちで永遠なる真実を現すとする理論をゲーテは評価しない。彼は生きた概念を求めていて、それを介して個々人の精神がその人の個的特性に沿って観照を統合するのである。

★ 彼にとって真実を認識するとは、真実の内に生きることである。そして真実の内に生きるとは、それぞれの事物の観察において、その事物と向かいあったときに生じる内的体験を覗き込むことである。人間認識についてのこうした見解からすると、知の限界や人間本性による知の限界が論外だとわかる。なぜなら、この見解に沿って認識が提起する問いとは、事物から生じるのでも、人格外の何ら

---

3 『箴言と省察』『ゲーテ自然科学論集』Bd.5 S.349.

4 『箴言と省察』『ゲーテ自然科学論集』Bd.5 S.357.

かの力によって喚起されるものでもないからである。この問いは
人格の本性それ自体から生じている。事物を見ると、その人間には
知覚以上のものを見ようとする欲求が生じる。そしてこの欲求が
満たされる地点で、認識への要求も満たされる。

★　この欲求はどこからくるのだろうか。その唯一の原因は、感覚知
覚に繋がりを付けんとする内的な体験が魂内で活性化するのを感
じるからである。繋がりができればただちに認識の要求も満足さ
れる。認識とは人間本性からの要請であって、事物からの要請では
ない。人間が要求したこと以上の本質が事物によって人間に語ら
れることはない。認識能力の限界を問題にする人は、認識の要請
がどこに由来するのかがわかっていない。そうした人は、真実の
内容の収納場所がどこかにあって、人間にはその収納場所を見つ
けたいというぼんやりとした願望があるだけだと思い込んでいる。
しかし内面から引き出されるものとは事物の本質そのものであり、
それが本来属するところ、つまり知覚に向かうのである。認識プロ
セスにおいて人間は、隠されたものを目指すのではなく、人間に二
方向から働きかける二つの力の調整を目指している。確かに、人間
の存在がなければ事物がその内面を語り出す媒体が存在しないの
で、事物の内面についての認識も存在しないと言える。しかし、事
物内には人間には近づきえない何かが存在するなどとは言えない。
感覚知覚が提供する以上の何かを事物が持つことが人間にわかる
のは、その何かが人間自身の内側にも生きているからである。事物
についての未知なる何かについてさらに語るなら、存在しない何か
に言葉を労するに等しい。

＊　　　　　　　＊
＊

05-03 ：認識が未熟な場合のいくつかの可能性

　内面で語られる言葉が事物の言語である点を生まれつき認識する
ことが難しい人々では、あらゆる真実は人間外から来なければな
らないという見解に落ち着く。彼らは知覚だけを根拠とするし、視
覚、聴覚、触覚、歴史的出来事を介して知った事柄、さらには事実
世界からの取得事項の比較、計数、計算、測定などの結果から真実
が認識できると思っている。あるいは認識以外の方法による開示
によってのみ、人間は真実を獲得できると考えている。あるいはさ
らに、特殊な諸力、陶酔、神秘的霊視を介して高次の洞察を得よう
とし、そうした高次の洞察は思考によって近づきうる理念世界から
は得られないという見解をとっている。カント的な思想家や偏っ
た神秘主義者の他には奇妙な形而上学者が居る。彼らは思考を介
して真理についての概念を形成しようと試みてはいる。しかしそ
の概念の内容を人間の理念世界にではなく、事物の背後にあるとさ
れる二次的現実から得ようとしている。（二次的現実にある）純粋
な概念を介して（理念世界の）内容について、何らか確実な繋がり
を導き出せる、あるいは最低限でも仮説を介して（理念世界の）内
容についての表象は作れる、というのが彼らの考えである。

★　まず第一の種類の人間、すなわち事実狂信者について述べよう。
彼らの場合でも、計数や計算を行っている段階ですでに思考を補
助にして観照内容を加工していることが意識にのぼることもある。
しかし彼らにとっての思考作業とは単なる手段であり、人間はそ
れを使って諸事実の関連を認識せんと努力すると言う。彼らの見
解では、外界と取り組みにおいて思考から流れ出てくるもの、それ
は主観的に過ぎず、思考を助けに外側からやってくるもの、それだ
けを客観的な真実内容、価値ある認識内容として認めうるという。
彼らは諸事実を思考ネットで捉えるにしろ、捉えられた結果だけを
客観的とみなす。しかしこの捉えられたものが、思考による説明、

修正、解釈を経ていて、単なる観照を超えたものを含んでいる点は見逃している。

★ 数学とは純粋な思考プロセスの産物であり、その内容は精神的であり主観的なものである。そして自然現象を数学的関連で考える力学者は、この数学的関連が感覚界の成り行きの本質に立脚することを前提条件にしている。しかしこの意味は次のとおりである。

> 数学的秩序とは見ようとしても見えるものではなく、自らの精神内で数学的法則を作り出す者にしか観えない。

数学的・技術的な観照と非常に深い精神的体験の違いは、その種類ではなく、単にその程度である。数学的研究成果と同等の正当性をもって、他の内的体験や理念世界の他領域も観照に適用することができる。事実狂信者が外的な事柄だけを基礎にしているというのは見かけだけである。彼らは、理念世界について、あるいは主観的体験としての理念世界の特徴について深く考えることはほぼない。彼らの内的体験も内容不足で冷血な抽象であり、感覚的事実内容の強力な作用に圧倒されてしまっている。

★ 最低次の自然解釈の段階、つまり計数、計量、計算にとどまるかぎり、彼らは錯覚から抜け出せない。認識の本来の性格からすれば、すぐにもより高次の段階に向かうことを迫られる。しかし事実狂信者を見ると、彼らが主に低次段階にとどまっていることがわかる。つまり彼らは、音楽作品を計算や計数で判断しようとする美学者と同じレベルである。彼らは自然界の現象を人間から分離しようとしている。主観的なものは何一つ観察に入り込ませようとしない。ゲーテはこうしたやり方に以下の判決を下している。

> 健全な感覚を持つなら、人間自身がこの世で最も偉大で最も正確な物理機器である。そして次の点は最近の物理学の最悪の病である。つまり、実験をいわば人間から分離し、また人工的な器具が示すものだけから自然を認識し、そう、自然の諸成果を認識し、それによって自然を限定し、証明しよう

としている点である[5]。

こうしたやり方をさせてしまうのは主観的なものに対する不安であり、主観の真の本性への誤認がその原因である。

しかし人間は高みにあるので、その内面でしか表現できないものすらある。音楽家の耳と比べるなら、一本の弦やその物理的な分割などどれほどの価値があるだろうか。まさに次のように言える。人間と向かい合う基本的な自然現象とは何なのだろうか。人間がそれを必要程度に同化するためにまず全体を掌握し、さらに改変する必要のある自然現象とは何なのだろうか[6]。

自然科学者がゲーテのこの見解に従ったなら、事物の実際の現れ方に注目するだけでなく、そこに働く理念的な原動力が実際に外的に顕在化した際の現象にも注目するだろう。現象に対し身体的器官、それに加えて精神的な器官を向けてはじめて現象はその内面を明かすのである。

05-04 ：事物の本質を不可知とする人々

そこに事物の理念が開示しうるくらいに内的営みが発達した人、自由で囚われのない観察精神を持つ人、そうした人には諸現象がそのすべての秘密を明かすというのがゲーテの見解である。したがって、事物の本質を経験的現実内にではなくその背後にあるとされる二次的現実に求める見解はゲーテの世界観とは相容れない。ゲーテはそうした世界観の信奉者として F. H. ヤコービに出会った。彼は 1811 年の日記（62歳）のある注釈に怒りをぶちまけている。

ヤコービの『神的なものについて』は気に入らない。心から愛した友人の著書が「自然は神を覆い隠す」というテーゼで満たされているのを私はどうして歓迎できようか。生来の

---

5 『箴言と省察』『ゲーテ自然科学論集』Bd.5 S.351.

6 著者注：『箴言と省察』『ゲーテ自然科学論集』Bd.5 S.351.

ものの観方を活かし、それを修練した成果である純粋で深い観照法から、私は自然の内に神があり神の内に自然があるという観方を不可侵の掟と教えられてきたので、このヤコービの考え方は私の全存在を揺るがすものであった。この特異で一方的な言葉は、その心を尊敬しつつ愛した高貴な人物と私とを精神において永遠に断絶させはしないだろうか[7]。

自身の観照方法によってゲーテは、自然内に理念的に入り込むことで永遠の法則を確実に体験できたし、その永遠法則とは彼にとっては神的と同義であった。もし神的なものが自然物の背後に隠れて自然物の中で創造的要素となっているなら、神的なものは観照できず、人間はそれを信じなくてはならない。ヤコービ宛の手紙でゲーテは、観ることを信じることに対置して擁護している[8]。

　　神はお前を形而上学（*Metaphysik*）において罰し、肉に杭を
　　打ち込み、私を物理学（*Physik*）において祝福なされた[9]。私
　　はスピノザ流に神を讃える立場をとるし、あなた方が言う、
　　そして言わんとする宗教の意味はすべてあなた方にお任せ
　　する。君は神を信仰する立場であり、私は観る立場である。

この観ることで何も観えない地点では、人間精神は何も求められない。『箴言と省察』には次のような文がある。

　　人間は事実上、現実世界の中央に置かれ、現実を、さらには
　　可能性として存在するものを認識し、それらを産出させうる

---

7 『年・日記』（*Tag- und Jahreshefte*）1811. WA. 1.Abt.. Bd.36, S.71/72

8 R. シュタイナーによる引用には異同がある。1786年5月5日の F. H. ヤコービ
　宛の手紙。「神はお前を形而上学（Metaphysik）において罰せられ、肉に杭を
　打ち込まれたけれども、私には物理学（Physik）において祝福をくださった。
　神の創造物のわずかな部分しか神は私に与えてくださらなかったが、それらを
　観ることによって喜びを味わえるようにはからってくださった」。

9 訳注：*Metaphysik* は *Meta* な＝超越的な *Physik* と考える。ここで *Physik*
　は通常の「物理学」とは考えず「物質界全般」の学問と考えると、その対比で
　Metaphysik（形而上学）を物質界を超越した学問と捉えられる。

器官を与えられている。すべての健康な人間は彼を取り巻く現実世界の存在や存在しうるものを確実なものと見ている。そうした状況で、ちょうど目には盲点があるのと同じように、脳には対象物を一切映し出さない脳内空虚点がある。人間がこの部分に特に注意を向け、そこに深入りしていくと、精神の病に落ち込む。ここにおいて他世界からの事物を予感はするものの、それは本来、非物にすぎず、形態も境界も持たず、空虚な漆黒として不安の原因となり、そこから離れられない者には幽霊以上につきまとうのである[10]。

同じ意味の次の言葉もある。

事実がそれ自体ですでに理論であると捉えるならそれが最高である。空の青は私たちに色彩論の基本法則を開示している。現象の背後には何も探さない。現象そのものが学問なのである[11]。

05-05 ：主観に閉じこもるカント

自然の創造的な力を直接に観照しうる領域に入る能力をカントは人間に認めていない。彼の見解では、諸概念とは抽象的単位である。そしてこの抽象的単位は、悟性が自然界の個物をそこに集約するものの、生きた一なるものとは無関係で、これら個物を実際に産出する創造的自然全体とも関係しないという。個物を諸概念に集約するにあたって人間が体験するのは、主観的な操作だけである。自分の一般的諸概念を経験としての観照に関係づけることはできる。しかしこの諸概念はそれ自体としては生きてもおらず、生産的でもなく、その諸概念からの個物の形成を人間が観ることはできないとされる。カントにとって諸概念とは、人間の内側だけに存在する一まとまりにすぎない。

---

10 著者注：『箴言と省察』『ゲーテ自然科学論集』Bd.5 S.458

11 『箴言と省察』『ゲーテ自然科学論集』Bd.5 S.376.

私たちの悟性とは諸概念を得る能力である。つまりそれは
　　思弁的悟性であり、自然から与えられたさまざまな種類のそ
　　して非常に多様な特殊をその悟性の概念のもとにまとめら
　　れるにしても、そのまとめられるという点はこの思弁的悟性
　　にとっては偶然でしかありえない。

カントは悟性をこう性格づけた[12]。この性格づけからは以下が必然
的に導かれる。

　　自然のメカニズムをその生産において見落とさないように
　　し、説明にあたってその生産を素通りしてしまわないように
　　するのは、一重に理性の役割である。なぜならこれなしでは
　　事物の本性にまで洞察を深められないからである。最高の
　　建築家である神がそこかしこに存在する自然界のフォルム
　　を直接に創造したこと、あるいはそうしたフォルムを時の流
　　れの中で同一の鋳型から形成することで事前決定している
　　ことを認めるにしろ、それによって私たちの自然認識は一歩
　　たりとも前進していない。なぜなら私たちは、自然存在の可
　　能性の原則を含むとされる存在の諸理念やかの存在の振る
　　舞いをまったく知らないからであり、その建築家から発して
　　上から下へというかたち（アプリオリ）で自然を説明するこ
　　とができないからである[13]。

★　人間が自分の理念世界内で創造的自然存在の振る舞いを直接に体
験することをゲーテは確信していた。

　　神への信仰や美徳、不死性によって社会道徳的に自らをより
　　高め、第一の存在に近づくとするなら、知的なものにおいて
　　も同じことが起こるであろう。つまり自然の創造産物を観
　　照する（見る）ことを介して、創造的自然に精神的に参与し

---

12 著者注：カント『判断力批判』77

13 著者注：カント『判断力批判』78

その真価を認めるのである[14]。

自然の躍動と創造に実際に入り込むことがゲーテにとっての人間的認識なのである。認識とは、

創造における自然の営みを研究し、経験することである[15]。

05-06 : 問いは人間が発するので解答不能はありえない

人間精神が近づきうる経験世界や理念世界とは別に存在し、しかもこの世界の根底をなすとされる諸本性などはゲーテ的世界観の精神と矛盾している。ゲーテ的世界観はあらゆる形而上学を拒否する。認識においては、正しく問われた問いなら答えられないはずはない。ある時代に何らかの現象領域で学問的発展が不可能であったとしても、その原因は人間精神にではなく、その領域での経験がその時代にはまだ不足していたという偶発的な状況にある。

★ 仮説を立てうるのは、経験不可能な領域の事物に対してではなく、経験可能な領域のものに対してである。仮説は常に次のようにしか言えない。

経験領域内でこれかあれかの経験がなされうることはおそらく確かである。

感覚的にも精神的にも観ることができない事柄については、この思考法からは何も語ることができない。《物それ自体》とは、知覚に作用はするもののそれ自身は決して知覚されないとされるにしろ、これは仮説としての要件すら満たしていない。

仮説とは建物建築の補助に使う骨組みに相当し、骨組みは建物完成後には取り去られる。それは建築作業には不可欠であるにしろ、骨組みは建物と同等ではない[16]。

---

14 『直感的判断力』潮出版『ゲーテ全集第14巻』、11頁、【訳注】『直観的判断力』の「直感」を訳者は「観照」としているので、本書の訳との整合性を保つなら書名は『観照的判断力』となる。

15 詩集『神と世界』より第3、4行 WA. 1.Abt., Bd.3,, S.84.

16 『箴言と省察』『ゲーテ自然科学論集』Bd.5 S.358.

ある現象領域に対し、そこにすべての知覚が提示され、また理念が浸透しきっているならば、精神は自力で満足のいく説明に到達する。自らの内で理念と知覚が生き生きと共鳴するのを人間精神は感じ取るのである。

＊　　　　　　　　＊

＊

■ ゲーテは神秘家と似た体験はしたもののその源泉は異なる 07

05-07 ：神秘家の立場

ゲーテが自らの世界観に感じた満ち足りた雰囲気は、神秘家に見られる雰囲気と似ている。神秘家は、事物の基盤や神性を人間の魂に見ることを前提にしている。神秘家は内的体験に世界の本質が開示すると確信しているし、その点はゲーテと同じである。ただほとんどの神秘家は理念世界への沈潜を重要な内的体験とは見なしていない。偏った考えをするほとんどの神秘家は、理性における明確な理念に対してはカントとほぼ同じ見解である。つまりそうした理念は、自然という創造的全体にではなく、人間悟性にだけ存在するとしている。したがって神秘家は最高次の認識を非日常的な状態、たとえば高次の観方に至るエクスタシーを介して得ようとする。彼の中で感覚的観察や理性的思考を抹殺し、感情の営みを高揚させようとする。そうして彼は、自らの内で作用する精神性、それどころか神性をも直接に感じ取るという。それがうまくいった瞬間には、神が自らの内に生きていると思い込む。ゲーテ的世界観に通じた人にも似たような感覚が湧く。ただしその感覚の元となる体験は、観察と思考の抑制によるものではなく、まさにその二つの活動による認識の獲得によるものである。ゲーテ的世界観では、アブノーマルな精神のあり方に逃げ込むことはない。そうではなく、通常の精神の素朴な行動様式には高みに到達する可能性が秘めていると考えるし、その高みにおいては自らの内で創造的自然を体験

しうるのである。

　　最終的には次のように思われる。より高次な領域へと修行
　　せんとする凡庸な人間悟性による自己純化的で実践的な実
　　際の行為が重要なのである[17]。

多くの神秘家がぼんやりした感受や感情の世界に没入するのに対
し、ゲーテは明確な理念世界に沈潜していく。偏った考えの神秘家
は理念という明確なものを無視する。彼らはこうした明確さを表
面的と捉える。彼らは、命ある理念世界へ沈潜する才能を持つ人
間が感じ取る事柄を予感すらしていない。理念世界への没入はそ
うした神秘家を凍えさせる。彼は温かさが流れ出る世界内容を求
めている。しかし彼が見出す世界内容は世界を明らかにはしない。
そうした世界内容は主観的な興奮と混乱した表象で成り立ってい
る。理念世界が冷たいと語る者は、理念を思考しているにすぎず、
体験していない。理念世界の実体を伴う営みを生きる者は、他に類
を見ない温かさとともに自らの内に世界の本質を感じる。世界神
秘の炎が彼の内で燃え上がるのを感じる。作用する自然をはじめ
て観照したときにゲーテはイタリアでそう感じた。そのとき彼は、
フランクフルトでファウストに語らせた彼の憧れが満たされたの
を知った。

　　無限の自然よ、私はお前をどこで捉えるのか？
　　自然の乳房はどこなのだ？
　　自然のあらゆる命の泉、
　　天も地もそこから滋養を受けている、
　　渇いた胸がそこに向かって駆られる...[18]

---

17 著者注：『経験と科学』潮出版『ゲーテ全集第14巻』、29-30頁
18 『ファウスト』悲劇第1部、Vers 455 ff.

第06章
世界諸現象のメタモルフォーゼ

■ 世界の観方自体に対極と高進のメタモルフォーゼ原則が生きている 01

06-01 ：メタモルフォーゼの基本原則としての対極と高進

　ゲーテの世界観がその高みに達したのは、自然界を動かす偉大な両輪、つまり対極と高進という概念の意味が彼の中で明確になったときであった[1]。この対極とは、物質的な意味で考えるなら、自然の現象としてのみ見られる。対極とは、すべてが物質的に対立する二極として現れることであり、磁石のN極とS極がその例である。物質の持つこうした対極状態ははっきりと現れている場合もあるし、物質中に微睡んでいて適切な手段を用いてはじめて現出させられる場合もある。高進を精神的な意味で捉えるなら、その現象に高進が付け加わる。高進とは、発展（発達、進化）という理念を内包する自然の成り行きにおいて観察することができる。この自然の成り行きは、その基盤に存する理念を発展段階に応じてより明瞭に、あるいはより不明瞭に外的な現象に示す。種子の段階では、植物の理念つまり植物的法則は現象に不明瞭にしか現れていない。知覚されるものと精神によって認識される理念とがあまり似ていない。

　　花において、植物的な法則が最高次に現象化しているし、さ
　　らにバラはこうした現象の頂点を示していると言えよう[2]。

創造的な自然が物質から物質に埋もれている精神を引き出すことこそがゲーテの言う高進である。自然は「不断の上昇」という宿命

　1　著者注：論文『自然』についての R. シュタイナーによる解説、『箴言と省察』『ゲーテ自然科学論集』Bd.2 S.63f

　2　『箴言と省察』『ゲーテ自然科学論集』Bd.5 S.495.

を負っているという意味は、自然が上昇的秩序の中で事物の理念を外的現象としても現していくことである。ゲーテの見解では、

　　自然には秘密などなく、注意深い観察者にはそうした秘密もどこかで明確にその姿を現している[3]。

自然は、広範な類縁領域の成り行きにおいて理念を直ちに読み取れる現象を産出することができる。その現象では最終地点にまで高進が進み、理念が直接に知覚されうる。自然の創造的精神が物の最表層に現れてくる。素朴段階にある物質的現象では思考によってのみ、つまり精神的な眼によってのみ捉えられるものを、高進状態では肉眼で見ることができる。この地点においては感覚的なものすべてが精神的であり、精神的なものすべてが感覚的である。

★ ゲーテは自然全体が精神化されていると考えた。自然界のフォルムの違いは、肉眼に対して精神がどの程度姿を現しているかによる。ゲーテにとっては、精神を持たない死んだ物質など存在しない。死んだ存在に見えるのは、外的なかたちが理念的である自然精神とあまり一致していないからである。自然界と人間内で作用しているのは一つの精神なので、人間は自らを高めることで自然の生成に参与することができる。「屋根から落ちた瓦から、お前が仲介しお前の中に煌めく精神の閃光に至るまで」[4]が、ゲーテにとっては一つの創造的精神の作用であり、その現れなのである。

　　いかなる種類のものであれ経験において私たちが気づくあらゆる作用は、非常に強固に関連し合い、相互に移行し合っている。最初のものから最後のものまで脈がつながっている。
　　屋根から瓦が落ちると、これは普通の意味で偶然と呼ばれる。それが通行人の肩に当たるとそれは機械的である。た

3 『年・日記』（Tag- und Jahreshefte）1790. WA. 1.Abt., Bd.35. S.15/16

4 Paralipomena zur Chromatik. 『ゲーテ自然科学論集』Bd.5 S.294.

だ完全に機械的ではなく、重さの法則にしたがうので作用は物理的である。切れた血管はただちに機能しなくなる。その瞬間に体液は化学的に作用し、その基本性質を示す。有機的な生命は少しでも損なわれると、すぐにそれに対抗し、再生しようとする。その際に人間全体は多少なりとも無意識になり、物理的・肉体的に損なわれる。意識の戻ったその人物は倫理的に非常に深い傷を感じる。その人物は活動制限を嘆き、どのような傷害であろうと人間は否応なしに堪え忍ぶことになる。それに対し宗教的にはこうしたケースをより高次の知らせと捉え、より酷いことからの加護、より高き善への導きと見なし、彼を楽にする。これで嘆いている者にとっては十分である。しかし快復した者は、天才的に高みにもたらされ、神と自分自身とを信頼し、救われたと感じ、偶然的なものですらも永遠に新鮮な命の円環を始めるために生かすのである[5]。

世界のあらゆる事柄がゲーテには精神の変容に見えた。そうした事柄に深く入り込み、それを偶然的レベルから天才的レベルまで観察する人は、精神とは似ても似つかぬ外的な現象の形態から、精神が本来の姿で現れる形態への精神的メタモルフォーゼを生き通す。ゲーテ的世界観では、あらゆる創造的諸力は一体として作用する。創造的諸力とは、類縁性を示しつつ段階的に変化し多様な姿を見せる全体なのである。

★ しかしゲーテは一体である世界を決して単一形態とは考えなかった。一体思想の信奉者は、単一の現象領域で観察された法則を自然全体に拡張するという誤りに陥りやすい。たとえば、力学的世界観がそれに当たる。この世界観は、機械的に説明できる対象に対してはすばらしい眼力と理解力を発揮する。それゆえ力学的世

---

5 *Paralipomena zur Chromatik.* 『ゲーテ自然科学論集』Bd.5 S.293 & S.294

界観からすると、機械的なものだけが自然に属するように見える。この世界観は、生命現象をも機械的な法則に還元しようとする。彼らにとって生物とは複雑に共同作用する機械的出来事にすぎない。ゲーテはシュトラースブールでドルバックの『自然の体系』を手にし、そこに述べられたこうした世界観に非常に反発した。

> 物質だけが永遠であるはずであり、存在のあらゆる現象は物質の右左前後のあらゆる方向の運動を伴う物質によって作り出されているはずである。もし著者が実際に運動する物質から世界を眼前に構築したなら、私たちは満足するはずだという。しかし彼は私たちに比べ自然についてあまりにわずかしか知ろうとしない。というのは、いくつかの一般概念を固定することで自然から即座に離れてしまうからであり、自然以上に高次のもの、あるいは自然に含まれるより高次の自然を、物質的、重さ的、運動的、しかし無方向で無形姿な自然へと変換し、それで非常に多くを認識したと信じているからである[6]。

ゲーテがもしデュ・ボア・レイモンの『自然認識の限界』[7]の次の文章を知ったなら、同様な見解を述べただろう。

> 自然認識とは、物体世界の諸変化を永遠不変なる中心力に由来する原子運動に帰結させることである。あるいは、自然現象を原子の力学で解明することである。

★ ゲーテは自然の諸作用を、互いに類縁で相互に転換しうるものとして捉えていた。しかし、決してそれらを一種類に還元しようとはしなかった。彼が求めていたのは、あらゆる自然現象がそこに還元される抽象的な原則ではなく、それぞれの分野での特徴的な観察法

---

6 著者注：『詩と真実』第2冊、WA. 1.Abt., Bd.28, S.70

7 Emil Du Bois-Reymond *Über die Grenzen der Naturerkenntnis*, Leibzig, 1882, S.13、第45回、ドイツ自然研究者と医者の総会の第2回目の公開会議での講演

であった。それはちょうど個々それぞれの現象領域で、創造的自然が特殊としてのフォルムに普遍としての法則を開示しているのと同じである。一つの思考形態に自然現象全体を押し込もうとするのではなく、さまざまな思考形態に入り込みそれを生きることで精神をいきいきとしなやかに保とうとしたし、それは自然がしていることに倣っている。

★ あらゆる自然作用の偉大なまとまりを強く感じるとき、彼は汎神論者であった。

> 私の本質には多様な方向があるので、一つの考え方では満足できない。詩人、芸術家として私は多神論者であり、自然研究者としては逆に汎神論者であり、どちらも同様に決定的なのである。私が社会道徳的な人間として私自身に一人の神が必要であるなら、その点でも準備はきちんとできている[8]。

芸術家としてゲーテは、理念が直接に観照可能な姿で現出する自然現象と向かい合っている。つまりここでは個別のものが直接に神的に現れる。世界は神的な個からなる多なのである。自然研究者としてのゲーテは諸現象の中に自然の諸力を追求しなくてはならなかったし、その諸現象の理念は個的存在として見えて来ることはないであろう。詩人としては多様なる神性の内に安らぎを覚え、自然研究者としては一体として作用する自然理念を探さねばならなかった。

> 現象に入り込む法則は、最も偉大なる自由において、つまりそれにとって好都合な条件の元で、客観的で美なるものを現出するし、当然ながらその客観的で美なるものを包み込むにふさわしい気高き主題を見つける必要がある[9]。

芸術家としてのゲーテは個々の被造物が宿すこの客観的・美なるも

---

8 著者注：ヤコービ宛 1813年1月6日、（ゲーテ 63歳）

9 『箴言と省察』『ゲーテ自然科学論集』Bd.5 S.495.

のを観ようとした。しかし自然研究者としては「法則、つまり自然一般がそれに沿って振る舞う法則」[10]を探求した。多神論では個別の中に精神的・霊的なものを認めそれを敬う。それとは逆に、汎神論では全体としての精神を捉える。この二つの考え方は両立しうる。自然全体に目を向けるのか、はたまたある中心からの終着点として個に目を向けるのかによって、そのどちらかが成り立つ。あるいは例の個、つまり通常ならば自然が全王国に展開するものを自然自体が一つのフォルムに一体化することで出来上がったあの個に注目するときにも成り立つ。そうした一つの形態が生じるのは、たとえば、創造的な自然諸力が「千差万別な植物」のほかに「他のすべてを包括する」もう一つの植物をつくる場合や、「千差万別な動物すべてを包括する一つの存在、人間」をつくる場合である[11]。

＊　　　　　　　＊

＊

■ ゲーテは自由への鍵となる《思考の観照》の直前で止まった 02〜03

06-02：自身の内で理念の出現を認識すると自由の可能性が生じる

ゲーテは次のように語っている。

> 私の著作や私の本質を完全に学びとった者は、ある程度の内的な自由を得たことに気づくはずである[12]。

この言葉でゲーテは、あらゆる認識努力において効力を持つ作用力を指し示している。対象物を周囲のものとして知覚するにとどまり、さらには対象物を支配する諸法則を物体外部から注入された原則とみなしているかぎり、人間はその原則と向かい合っても未

10　『箴言と省察』『ゲーテ自然科学論集』Bd.5 S.495.

11　『ゲーテとの対話』1831年2月20日 81歳

12　著者注：ミュラー大臣との談話、1831年1月5日、『ゲーテとの対話』第2部、Artemis-Ausgabe Bd.23, S.741.

知なる力と感じるし、その未知なる力が自分に作用し、その力が持つ諸法則が自分の考えの方向を上から決定しているように感じる。人間は物と対峙しつつ不自由と感じる。人間は自然界の法則を、人間自身を束縛する頑固な必然性と感じる。自然的諸力とは精神の形式以外の何物でもなく、またその同じ精神が人間自身にも作用している。人間はこのことに気づいてはじめて、自分に自由の可能性があることを見抜きはじめる。自然法則は、それが未知なる荒ぶる力と見なされるかぎり、強制と感じ取られる。

★ 自然法則の本質存在に入り込んで共に活動するなら、その法則が彼自身の内でも作用していることを感じ取る。人は自身を、物の生成や本性における生産的な共同作用要素と感じる。人イコール他者となり、あらゆる形成力を伴った他者となる。通常は外的な原動力としか感じ取られないものを、人は自身の行為の中に取り込んだのである。これがゲーテ的世界観の認識行為で作用する解放プロセスである。自然的作用の理念がイタリア芸術からゲーテに向かって放射されたとき、彼は自然作用の理念をはっきりと見据えた。また、こうした理念を内に携えることで発揮される解放へと向かう作用も明確に感じ取っていた。この感触が元になって彼が包括的な精神と呼んだ認識様式が次のように続く。

　　包括的なもの、これは誇りを持って創造的とも呼びうるし、これは最上の意味で生産的に振る舞う。包括的なものの出発点は理念であるがゆえにそれ全体の一体性は保証されている。そしてこの包括的なものがこの理念と結びつくかは、いわばその後での自然の側の問題である[13]。

★ しかしこの解放活動をゲーテは直接的に観るところまでは行かなかった。これが観えるのは、認識に際し自分自身に対して聴き耳をたてる人だけである。ゲーテは最高度の認識法を実践していたに

---

13 『植物生理学の予備的研究』潮出版『ゲーテ全集第14巻』、118-119頁

しろ、認識法それ自体を観察することはなかった。彼はこう告白している。

　「いったいお前はどうやってこのような高みに到ったのだ？
　お前はそれを上手くやってのけた」と人は言う。
　私の子どもよ。私は賢くやった、
　思考についてはいっさい考えなかったのだ[14]。

06-03　：自由の理念は思考の観照で体験される

創造的自然の諸力は、「千差万別な植物の他に」もう一つ「他のすべてを包括する」植物をつくり出すし、さらには千差万別な諸理念に加えて理念世界全体を包括するもう一つの理念をもつくり出す。そして事物の観照に思考の観照[15]を加えると、人間はこの理念を捉える。ゲーテの思考は観照の対象となる物で満たされていたために、また彼の思考が観照であり観照が思考であるがゆえに、思考そのものを思考の対象にするところまではいかなかった。しかし自由の理念は、思考の観照によってのみ獲得される。思考についての思考と思考の観照をゲーテは区別しなかった。もしその区別をしていたら、彼の世界観からすれば思考についての思考は否定するものの、思考世界の観照には到達しうると洞察はできたはずである。思考の観照以外のすべての観照において、その成立に人間はかかわっていない。この観照における理念が人間内で命を得る。理念を現象化する生産的な力を人間が持たなかったならば、こうした理念が存在として顕在化することはなかった。理念とは事物内で作用する内容であるにしろ、その理念が存在として現れるためには人間の活動が必要である。人間が理念世界の固有の本性を認識できるのは、自身の活動を観照する場合である。

★　自己活動の観照以外の通常の観照では、人間は作用する理念には

14　『温和なクセーニエン』、第7部。WA. 1.Abt., Bd.5, 1, S.92

15　訳注：『自由の哲学』では「思考の観察」としている。

入り込む。しかし理念の作用を受ける側の事物は、知覚として人間精神の外部にとどまる。自己内での理念観照において人間は作用側と被作用側のすべてを掌握している。人間は自らの内においてプロセス全体をあますところなく現在化できる。観照はもはや理念によって導出されたものとして現れるのではない。なぜなら今や観照そのものが理念なのだから。しかし、自身で成立させたこの観照とは自由の観照である。思考の観察において人間は、世界で生起する事柄を見通し切る。この出来事が理念そのものであるので、この出来事の一つの理念を探究する必要はない。それ以外の場合では観照と理念が一体であることを体験するのに対し、ここでは理念世界内で観照可能になった精神性を体験する。

★　自身の内に基礎を置く活動を観照する者は自由を感じ取る。ゲーテはこれを感受として体験してはいるものの、きちんとしたかたちでは語っていない。自然観察において彼は一つの自由な活動を遂行した。しかしその行為は決して彼の対象とはならなかった。彼は人間認識の舞台裏を決して見なかったし、そのために世界事象の理念をその最も本来的な姿、その最高次のメタモルフォーゼとして意識することもなかった。この最高次のメタモルフォーゼを観照した人間は事物の王国内を確かな足取りで歩くことができる。人格の中心に、あらゆる世界観察のための真の出発点を勝ち取る。彼はもはや未知なる根拠について、彼の外に存在する事物の原因について研究したりはしないだろう。自らが為しうる最高の体験が自身の構成要素の自己観察であることを知っている。この体験はある感情を呼び覚ますし、その感情に完全に浸った人は事物に対する最高度に真実な関係を獲得するだろう。

★　そうでない人の場合には、存在の最高次のかたちを別のところに求め、それを経験内に見いだせないので、未知の現実領域にその存在を想定することになる。彼の事物観察には不確実なものが入り込んでくるだろう。自然からの問いに答える際に、彼は絶えず研究

不能なものを拠り所にするだろう。

★ ゲーテは生涯に渡って理念世界内に一つの感情を持ち続けていた。つまり、人格内にある揺るぎない中心点に対する感情である。そしてそれを持っていたがゆえに、自然観察の特定の範囲内ではあるにしろ確実な概念に達することができた。しかし彼は内的体験の直接的観照は避けたので、上記の限界を超えると暗中模索に陥った。それゆえ彼はこう語る。

> （人間は）生来、世界の問題を解決できないにしろ、その問題が何にかかわるかを問い、そして把握可能である境界内にとどまるのである[16]。

また、こうも言っている。

> 限界を決めたという意味においてカントは論争の余地なく最も役立っている。人間の精神が入り込める限界を決め、解けない問題に手をつけなかったことにおいて[17]。

ゲーテがもし最高次の体験を観照して事物観察をより確実なものにしていたら、「秩序づけられた経験によって、一種の制限された確実性を獲得する」という限界を超えられたはずである[18]。真実とは人間本性に要求される限りにおいてのみ意味を持つという意識を持ちつつ、経験を突っ切っていく代わりに、次のような確信に達していただろう。「より高次の影響が、毅然たる者、活動する者、理解する者、規則づけられる者、規則を作る者、人間的な者、信心深い者」を利すること、さらには「モラル的世界秩序」が「善き者や嘆く実直者を間接的に助ける」地点において最も美しい姿を現すこと、という確信である[19]。

---

16 3 を参照

17 『ゲーテとの対話』1829年9月1日（80歳）

18 『箴言と省察』『ゲーテ自然科学論集』Bd.5 S.449.

19 若い猟師の戦友、捕虜になり身を持ち崩し、絶えず慰められ、活動する。ゲーテによるまえがき（1826）。WA. 1.Abt., Bd.42, 1, S.125/126、この部分の引

*　　　　　　*

*

■ 社会道徳的理念には達しなかった 04〜05

06-04 ：社会道徳的理念は内的に体験される

　人間の最奥の体験を知らなかったために、ゲーテは彼の自然観照からすれば最終的には当然行き着くはずの社会道徳的な世界秩序には達しなかった。事物の理念とは、事物の中で作用し創造する実体内容である。社会道徳的理念を人間は直接に理念のかたちで体験する。理念世界の観照において、理念自体が実体内容となり、理念自身を理念自体で満たすことを体験できる人間は、社会道徳的なものから生まれ出たものを人間本性内で体験する能力も持つことになる。自然理念を目に見える世界との関係だけで知る人は、社会道徳的概念を何らかの外的なものと思いがちである。経験由来の概念に対応する現実が存在するので、そうした人はそれと似た意味で道徳的概念に対応する現実を探すだろう。しかし、理念をその最も本来的な実質において観照できる人なら、社会道徳的理念には外的なものは一切対応せず、精神における体験の中で直接に理念として作り出されることを知っている。またこの理念を作り出すにあたっては、外的に作用するだけの神的な意志も、外的に作用するだけの社会道徳的な世界秩序も関係しないことも明らかである。というのは、社会道徳的理念にはそうした外的な力は微塵もかかわっていないからである。理念が語り出すすべてが、理念の中で体験される純粋な理念形式として完結している。それ自体の実体内容を介して、理念は社会道徳的な力として人間に作用する。その理念の背後に人間に服従を迫る鞭を持った定言的命令など存在しない。人間は自らその理念を現出させ、自分の子どもを愛するようにそれを愛していると感じる。愛こそが行為の動機である。自分で

　用は、ゲーテの原文と若干異なっているにしろ、意味上は差はない。

創り出すことによる精神的な喜びが社会道徳的なものの源である。

06-05 ：社会道徳的理念に対するゲーテの曖昧な態度

社会道徳的理念を創り出す能力を持たない人間がいる。彼らは他者から道徳的理念を受け取ることでそれを身につける。さらに理念を観照する能力自体を欠くレベルになると、精神内で体験可能な社会道徳の根源を認識することすらない。彼らはその根源を自分たちの外部にある人間を超えた意志に求める。あるいは人間が体験しうる精神界の範囲外で成り立つ客観的な社会道徳的世界秩序があり、それが道徳的理念の大本であると信じる。この世界秩序の言葉を受け取る器官はしばしば人間の良心であると考えられた。

★ 特定の事柄に対する世界観と同様に、社会道徳の根源についての考えもゲーテの中では不確実であった。ここでも彼の感情から、彼の理念に即した言葉、彼の本性の要求にかなった言葉が述べられている。

　　　義務：自分に下す命令を自ら愛する[20]。

社会道徳の根源を純粋に社会道徳的理念の実体内容に観る人ならば、こう言うはずであった。

　　　制限の多くに抵抗を感じていたレッシングは、彼の登場人物に言わせている。誰も、ねばならぬという必要はない。精神豊かでユーモアのある男は、意志する者は、ねばならぬと言った。三番目の教養ある人物は続けて、見抜く者は、また望みもすると言った。こうして、認識、意志、ねばならぬの円環が閉じたと考えた。しかし普通は、認識こそが、いかなる種類の認識であれ、行為を決定している。それゆえ、無知からの行為ほど恐ろしいものはない[21]。

明確な観照にまで引き上げることはできなかったものの、真の社会

20　『箴言と省察』『ゲーテ自然科学論集』Bd.5 S.460.

21　『箴言と省察』『ゲーテ自然科学論集』Bd.5

道徳的なるものに対する感情をゲーテは強く持っていたし、その点は次の言葉に見て取れる。

意志は完全なるものとなるために、── 社会道徳において誤ることのない良心と結びつかなくてはならない ──。良心にはすべてが与えられていて、始祖霊を必要としない。良心は内側の独自の世界だけと関係している[22]。

「良心は始祖霊を必要としない」とは、社会道徳的な実体内容は人間にはじめから備わっているという意味ではなく、自分で自分に与えるという意味でしかありえない。社会道徳的な根源を人間外にあるとする見解はこれと対立する。

地上的なものがその幾千万の現象で人間をいかに強く引き付けようと、人間は憧れと研究とともに眼差しを天に向ける。── なぜなら、彼がかの精神の王国の住民であることを深く、そしてはっきりと感じるからであり、その王国への信頼は否定も諦念もできないからである[23]。

解きえぬもの、それは神にお任せしよう、すべてを規定する者、すべてを解放する者としての神に[24]。

*　　　　　　　　*

*

■ **ゲーテは理念界の観照を避けた　06~08**

06-06 ：ゲーテは自己観察を避けていた

人間の最奥の本性を観察するための器官も、自己沈潜のための器官もゲーテは持たなかった。

---

22 『箴言と省察』『ゲーテ自然科学論集』Bd.5 S.412.

23 ミュラー大臣の日記より。対話第2部。Artemis-Ausgabe Bd.23. S.32. 1818年4月29日の対話。

24 出典不明

「汝自らを認識せよ」という偉大で非常に意味あり気に響く
課題をかねてから疑わしく思い続けていたことをここで告
白する。到達できない要求によって人間を混乱させ、外界に
対する活動を内向きの誤った瞑想的なものに誘惑しようと
する、秘密裏に結託した司祭どもの策略ではないかと。外の
世界、それを人間が自らの内にのみ知り、またその中におい
てのみ人間は自らの存在を知る。外の世界を知るかぎりに
おいて人間は自らを知るのである。新たな対象物ごとに、そ
れをよく観るなら私たちの内に新たな器官が開けてくる[25]。

★　これについては正反対が正しい。人間は自身を知るかぎりにおい
て外の世界を知るのである。というのは、外界の物体では単なる残
照、喩え、象徴、観照として存在するものが、人間の内ではその最
も根源的な姿で開示するからである。基礎づけ不能で解明不能、神
的としか言えないものが、自己観照によって真の姿を目前に現す。
自己観照において理念を直接の姿で見ることで人間は力と能力を
獲得し、こうした理念をあらゆる外的現象や自然全体において探求
し認識するようになる。自己観照の瞬間を体験した者は現象の背
後に《隠れた》神を探そうなどとは考えなくなり、その神的なもの
を自然界での様々なメタモルフォーゼとして捉える。

★　ゲーテはシェリングとの関係でこうコメントしている。

私が詩的な瞬間を求めなかったならば、彼とはもっとしばし
ば会っていただろう。私の場合、哲学は詩情を台無しにして
しまうし、それは詩情が私を客体へと向かわせるからであ
る。私が純粋な思惟にとどまることができず、一文一文で実
際に事物を見たくなり、それゆえ即座に自然の中にとび出し
てしまうからである[26]。

25　『適切な一語による著しい促進』潮出版『ゲーテ全集第14巻』、17頁
26　シラー宛 1802年2月19日の手紙、潮出版『ゲーテ=シラー往復書簡集、下』、書

最高次の観照、理念世界そのものの観照を彼は見出せなかった。そして、その観照は詩情を損なうことはない。なぜならその観照では自然内に何か未知なるものや根拠のないものが存在するかもしれないという憶測を精神から追い払ってくれるからである。むしろ、囚われを排して事物に完全に帰依する能力を人間に与えてくれる。というのは、精神が自然に対して望みうるものはすべて自然から得られるという確信をその理念は与えてくれるからである。

06-07 ：理念創出を観照することで得られるもの

最高の観照ではすべての偏った依存感情から人間精神が解放される。そうした観照を身につけると、自身を社会道徳的世界秩序の王国における主権者と感じる。あらゆるものを産出する原動力が彼の内で自身の意志として働き、最高次の社会道徳的決定が自身の内に存在することがわかる。なぜならこの最高次の決定は社会道徳的理念の世界から流れ出て来ていて、さらにそれが産出される際には人間の魂がそこに参与するからである。人間は個々の場合においては自分に制約を感じるかもしれないし、あるいは多くの事柄に左右されているかもしれない。それでも全体としては、社会道徳的目標や社会道徳的方向を自分で自分に与える。人間以外のあらゆる事物において作用を及ぼすものが人間内で理念として現れる。それに対し人間内で作用を及ぼすものとは自身で現出させた理念である。個々人の人格内において全体である自然で展開されているプロセスが行われるのである。理念から現実を創造するのである。そして人間自身が創造者なのである。それ自体に実体内容を与える理念とは、人間の人格を基盤に活動するからである。ゲーテを越えて、彼の文を次のように拡張しなくてはならない。

　　自然の創造は豊かで、千差万別な植物の他にもう一つ他のすべてを包括する植物を創り出し、さらには千差万別な動物の

簡番号：841、413頁

後にそれらすべてを包括する一つの・・・存在、つまり人間を創造する[27]。

自然はプロセスを介して理念からすべての被造物を自由に創り出す。自然はその創造という意味でさらに偉大であり、社会道徳的な行為を人格という理念的基盤から生じさせることでそのプロセスを個々人の人間内で繰り返している。

★ 何かを自らの行為における客観的な根拠と感じるとするなら、それは誤認であり、自身の本質存在の見誤りである。社会道徳的行為において人間が実現するのは自分自身である。『唯一なるものとその固有性』[28]の中でマックス・シュティルナーはこの認識を手短に述べている。

> 私は自ら力の所有者であり、また自分がそうなるのは、私が私を唯一者・・・と知るときである。唯一者において所有者自身は生みの親とも言える創造的無へと回帰する。神であれ人間であれ私より高次な存在は、唯一者であるという私の感情を弱め、また意識という太陽の前ではそれ自体が色褪せる。唯一者たる自分を自分の事柄として引き受けると、その私の事柄は無常なるものの上、自らを引き裂く創造者という死すべきものの上に置かれる。そして私はこう言うことが許される。「私は、私の事柄を私は虚無（という土台の上）に置いた」。

しかし同時に、このシュティルナーの精神にはメフィストに対するファウストの言葉を向けることができる。

> お前の無の中にすべてを見つけ出さんと望む[29]。

なぜなら私内で行われる個的な形成活動には、自然が森羅万象を

---

27 『ゲーテとの対話』1831年2月20日 81歳

28 『唯一なるものとその固有性』Leipzig 1911. S.354 （巻末）

29 『ファウスト』悲劇第2部、第1場、Vers 6256

創造する際に用いるのと同類の創造的な作用力が宿っているからである。人間が自身の内のこの作用力をしっかりと見据えていないと、その作用力との出会いはちょうどファウストと地霊との出会いのようになる。作用力は人間に（間違いを）吹き込み続けるだろう。

お前と同じなのはお前が捉える精神であり、私ではない[30]。最奥の内的営みを観照することでこの精神は魔法から解かれ、自身について語るのである。

命の洪水、行為の嵐、

我は上へ下へと逆巻きうねり

右に左に揺れ動く。

誕生と死よ、

永遠の海よ、

交代する織物よ、

灼熱の命よ、

こうしてごうごうたる時間の機織りで創り出し

神性の生き生きとした衣を織りなす[31]。

06-08 ：ゲーテの世界観の延長線上に自由の体験がある

私が『自由の哲学』で述べようとしたのは、人間が自ら行おうとする行為認識が、最奥の体験、つまり自身の固有の構成要素の観照から生じることであった。シュティルナーは 1844 年に、人間が自らを真に理解するなら、自身の作用根拠が自分の内にしか見いだせないという見解を擁護している。しかし彼の場合には、この見解は最奥の体験の観照に由来するのではなく、自由に対する感情、世界諸力から要求されるあらゆる強制に束縛されないという感情に由来している。シュティルナーは自由を要求する段階にとどまってい

---

30 『ファウスト』悲劇第1部、Vers 512

31 『ファウスト』悲劇第1部、Vers 501 ff.

る。自身を基盤とする人間本性を、この領域で考えうるかぎり強調
するところまで彼はたどり着いている。私は、人間が自らの魂の基
盤を探求することによってそこに見出すはずのものを示し、それに
よって自由における営みをより幅広い土台の上で述べようとした。
ゲーテは自己認識を嫌う傾向があったために、自由の観照にまでは
至らなかった。もしそうでなかったら、自分自身に基礎を置く自由
な人格を持つ者としてゲーテは人間認識を彼の世界観の頂点に置
いたはずである。ゲーテのこうした認識の芽生えには彼の文章の
いたるところで出会う。そしてそれらは同時に彼の自然見解の芽
生えでもあった。

＊　　　　　　　　＊

＊

■ **ゲーテの意図を正確に延長した場合の結論 09〜11**

06-09 ：ゲーテの世界観の延長線上に死後の魂の営みがある

自然研究に関する箇所においてゲーテは、探求不可能であることの
根拠について、および現象を実現する隠れた原動力についてまった
く語っていない。現象を順を追って観察し、観察の際に感覚や精神
に開示する要素を助けに諸現象を説明するだけで十分とした。そ
の意味でゲーテは1786年5月5日（36歳）にヤコービに宛てている。
彼の「全生涯を、自らが接しうる事物の観察に当て」、それらの本
性について「ふさわしい理念を形成する望みが持てるかもしれな
い」と。またそれに際し彼は、どこまで到達できるかとか、自分に
とって何がふさわしいのかをまったく気にかけていない。個々の
自然物において神性に近づきうると信じる者は、事物外に存在する
神といった事物とは離れた特別な存在を考える必要はない。ただ
ゲーテの場合では自然領域を離れると、事物の本性に対して持って
いた感情も怪しくなる。すると人間の自己認識に対する理解不足
のために、彼の生来の考え方とも、彼の自然研究の方向とも一致し

ない主張をしてしまう。そうした主張を重要視する人は根拠もなく以下のように考えるかもしれない。ゲーテが人間に似た神を信じていて、さらには身体機構的な諸条件と結びついたままの生存形式で魂が個として継続すると考えていたと。そうした思い込みはゲーテの自然研究とは矛盾する。もしゲーテが自らの自然研究をこうした信仰から規定していたとするなら、彼の自然研究は別物になっていただろう。

★ ゲーテの自然研究の意味で人間の魂の本性を捉えるなら、どう考えても身体を離れてからの魂は超感覚的な存在形式で生きることになる。生活条件が変われば、魂も物質的身体を介して持った意識状態とは異なる意識状態を持つだろう。この存在形式はそれを決める。こうしてゲーテのメタモルフォーゼ論は魂的営みのメタモルフォーゼにも導かれる。しかしこのゲーテの不死性の理念を正しく捉えるためには次のことを理解していなくてはならない。つまり彼の世界観を延長するなら、肉体に制限される精神的営みがメタモルフォーゼせずに連続するという結論にはならない点である。ゲーテはここで示唆したような意味では思考生活の観照を試みていないので、メタモルフォーゼ思想の延長であるはずの不死性の理念を彼の生涯の中で取り立てて考えようとはしなかった。しかし実際のところ、この認識領域においてはこの理念こそが彼の世界観から導かれるはずなのである。同時代人の誰かの人生観との関連や何らかのきっかけでゲーテが不死性について個人的な感じ方を語っていても、それが彼の自然研究から勝ち得た世界観と無関係であるなら、それはゲーテの不死性理念の特質とは言えない。

06-10 ：ゲーテの発言は年齢で変容している

ゲーテの世界観全体の中で彼の発言を評価するに当たっては、各年齢ごとの魂的雰囲気が彼の発言に微妙な変化を与えている点を考慮する必要がある。自身の理念を表現するフォルムが変遷している点を彼はよく自覚していた。フェルスターは、ファウスト問題は

次の言葉で自ずと解決するだろうという見解を示した。

　　暗き欲求に陥った善人は正しい道を知るには知っていた。

それに対しゲーテは次のように答えた。

　　それは説明となるかもしれない。ファウストは老人で終わ
　　るし、老齢期には私たちは神秘主義者になる[32]。

また、『箴言と省察』には次の文が見られる。

　　どんな年齢でも何らかの哲学が答えを与えてくれる。子ど
　　もは現実主義者に見える。なぜなら、彼自身の存在よりも
　　梨や林檎の存在を確信しているからである。内面の情動が
　　荒れ狂っている青年では、自身に気づき、自身の可能性を感
　　じ、理想主義者に変わるはずである。それに対し人はあらゆ
　　る原因から懐疑主義者になる。確かに、目的のために選んだ
　　手段が正しいものであるかは疑わしいだろう。行為前や行
　　為中には種々の原因から悟性を流動的に保ち続け、後に誤っ
　　た選択を後悔しないようにする。そうであっても、老人は
　　常に自分が神秘主義者に向かっているのを自覚するだろう。
　　非常に多くのことが偶然に依っていることがわかる。非道
　　理が通り、道理が負け、幸運と不運とが予期もせずに同居す
　　る。そうであるし、そうであった。そして、高齢になるとそ
　　こに居る者、居た者、来るであろう者の中で落ちつくのであ
　　る[33]。

06-11 ：ゲーテの言葉にではなく、実践に現れた世界観を述べた

　私はこの著作でゲーテの世界観に注目した。そしてそれは彼が自

---

32 著者注：フェルスターの遺稿 S.216、『ゲーテとの対話』第2部、Artemis-Ausgabe
　　Bd.23. S.543. 【人物注】：フェルスター、フリードリヒ　Förster, Friedrich
　　(1791-1868) ベルリンの歴史著述家、および教師。後には王立博物館の専門職
　　員、およびジャーナリスト。1831年8月に彼はゲーテをワイマールに訪ねてい
　　る。

33 著者注：『箴言と省察』『ゲーテ自然科学論集』Bd.5 S.454

然界の営みを洞察する際の源泉だったし、人間の顎間骨の発見や色<ruby>彩論<rt>がっかんこつ</rt></ruby>完成の原動力でもあった。そして私は、ここで提示した世界観によって、彼の発言の集大成というよりもゲーテの全人格をより的確に示せたと自負している。彼の発言では、そうした世界観がそれぞれの年齢の雰囲気でどう色付けされているのかを考慮する必要があるはずである。自然研究においては、たとえそれが理念に見合った明確な自己認識に導かれたものではなくとも、正しい感情によって、また人間本性と外界との真の関係から流れ出る自由なやり方でゲーテは観察していたと私は考えている。ゲーテは自身の思考方法が不完全であることをはっきりと自覚していた。

　高貴で偉大な目標を意識していたにしろ、自分の活動にとっての基盤となる条件は一度も捉えたことはなかった。自身における不足を自覚していたし、過剰も同様である。それゆえ自己形成を、外に向けても、内からも止めることはなかった。それでも高齢においてなおもそうした不足は残った。私は一つひとつの目標を一生懸命に、力を込め誠実に追いかけてきた。そこでは障害となる条件をしばしば完全に克服したにしろ、譲歩とか迂回とかを身につけられずに不成功に終わったことも多い。このように私の人生は、行為と享受、受苦と抵抗、愛、満足、憎しみ、嫌気、等々と共に過ぎていった。ここに同じ運命をたどったものが映し出されている[34]。

---

34 伝記的細部。我が生涯より。断片的。晩年。WA. 1.Abt., Bd.36, S.231.

自然観及び生物の発達観

第07章
メタモルフォーゼ論

■ **自然研究の最大の業績は彼の総合的生命観** 01～02

07-01 ：統一的世界観の論拠探求途上で個別の発見をした

自然科学分野でのゲーテの個々の発見だけに注目していては、ゲーテと自然科学の関係は正しく理解できない。1787年8月18日（37歳）にイタリアからクネーベル[1]に宛てた手紙を、私はゲーテの自然科学に対する関係を知る上での鍵と見なしている。

> ナポリ近郊やシチリアで植物や魚を観察した後で、もし私がもう十歳若かったら、インドへの旅行を計画したでしょう。それは何か新しいものを発見するためではなく、発見したものを私のやり方で見るためです。

自分が知る自然現象を、彼流の考え方に沿った自然観に統合していった様子がここに現れていると思う。もし彼の個別な発見がすべて二番煎じで、彼独自のものとして残るのが自然観だけだとしても、彼の自然研究の価値はまったく損なわれないだろう。その意味で私はデュ・ボア＝レイモンと同意見である。

> もしゲーテがいなかったとしても、科学は現在と同じように発展していただろう[2]。

---

1 人物注：クネーベル、カール・ルートヴィッヒ　Knebel, Karl Ludwig (1744-1834) 法律家、プロシャの官吏。1774年にコンスタンティン王子の教育者としてワイマールに招かれ、その年のアウグスト公とゲーテのはじめての出会いを取りなしている。1781年にはイェーナに引き下がり、古文献の研究に没頭している。彼とゲーテとの間には深い友情関係があった。

2 著者注：Emil Du Bois-Reymond *Goethe und kein Ende*, Leipzig 1883, 1882年10月15日のベルリン大学学長就任演説、『終わりなきゲーテ』S.31

ゲーテによってもたらされた進歩も、遅かれ早かれ誰かによって成し遂げられただろう。ただ私は、このデュ・ボア＝レイモンの言葉がゲーテの自然科学的業績のすべてに当てはまるとは考えていない。研究途上での個々の発見についてにのみ当てはまると考えている。ゲーテが植物学や解剖学などに取り組まなかったとしても、個々の知識で今日欠けるものは何一つないだろう。しかし彼の自然観は彼の人格の現れであり、余人をもっては到達しえなかった。彼にとっても個々の発見は重要ではなかった。研究の途上で出会った諸事実に対するゲーテの観方が当時の主流の観方と食い違っていたために、見直しをする中で自ずとそうした個々の発見がなされたのである。自然科学から提供される材料で彼が世界観を構築できていたなら、彼は個別の研究をしなかっただろう。個別の事柄に対する学者の言説が彼の要求に見合っていなかったので、彼自身で個別の事柄を研究せざるをえなかったのである。細部の研究によって、個別の事柄はいわば偶然に発見された。彼の問題意識は、

　　　人間にも他の動物と同じように上顎に顎間骨（がっかんこつ）があるか

などではない。彼は諸動物を段階的に秩序づけ、その最高位に人間が来るようなプランを発見しようとした。彼が発見しようとしたのはすべての動物や人間に共通する原像、つまりすべての動物の類を包括し、さらにはその最高の完成状態が人間であるような原像である。自然科学者は彼にこう言った。

　　　動物と人間では、その構成に違いがある。動物は上顎に顎間
　　　骨があり、人間にはそれがない。

ゲーテは、人間と動物では身体的な作りの完成度は違っているものの、個々の部分は同じであると考えていた。もし自然科学者が正しいなら、身体的な原像が人間と動物で連続しなくなってしまう。彼は自然科学者の学説を出発点にはできなかった。それゆえ彼は、人間の顎間骨を探し、それを発見したのである。他の個々の発見

についても同様なことが見られる。個々の発見自体が目的ではなかった。自然現象に対する彼の考え方の正当性を示すために、そうした発見がなされる必要があったのである。

07-02 ：ゲーテの考えは精神的な眼によって理解される

生命現象にかかわる領域では、生命の本質についての考えはゲーテの見解の中でも非常に重要である。葉、萼、花弁といった植物の諸器官がお互いに相同で、共通の基本形態から発生してくるという点が重要なのではない。そうではなく、生きた植物本性を全体としてどうイメージしていたのか、また全体から部分が現出する様子をどう考えていたかが重要なのである。生命体の本質という彼の理念こそ、生物学における最も根源的で中心的な発見と言える。感覚では知覚不能であるにしろ動物や植物の内に観照しうるもの、それこそがゲーテの根本的な確証であった。ゲーテにとって生体において肉眼で観察できるものとは、生きた全体に作用し尽くす形成法則、精神的な眼[3]によってのみ観ることのできる形成法則の結果にすぎない。動物や植物において精神的な眼で観たものを彼は記述した。彼と同等の眼力を備えた人だけが、生命体の本質という彼の理念を追思考できる。感覚知覚や実験で得られることにとどまる人はゲーテを理解できない。彼の『植物のメタモルフォーゼ』[4]と 『動物のメタモルフォーゼ』[5]を読むと、とりあえずは生体のある器官の記述から次の器官の記述へとつながり、あたかも外的諸事実が結び付けられているように見える。しかしゲーテが念頭

---

3 「肉眼・・・精神的な眼・・・」、このゲーテ的な表現については 151 ページ（ch07-39）の引用を参照のこと。また、*Entwurf einer Einleitung in die vergleichende Anatomie* 『ゲーテ自然科学論集』Bd.1 S.262,「私たちは、あらゆるところで同じように、また特に自然研究でもまた、暗中模索しないで、精神の眼で見ることを学ぶ」。

4 『印刷物の運命』『ゲーテ自然科学論集』Bd.1 S.92, ff.

5 『比較解剖学講義』『ゲーテ自然科学論集』Bd.1 S.344, ff.

に置いた生物の理念に完全に沈潜するなら、生きた有機体の空間に身を置いているように感じるし、中心的なイメージから個々の器官のイメージが現れ出てくる。

＊　　　　　　　　＊

＊

■ 機械論的生命観について 03

07-03 ：機械論的生命観の対極にあるゲーテ

ゲーテが自然現象を独自の道で研究し始めたとき、特に注意を払ったのが生命の概念であった。シュトラースブール時代（20歳）の1770年7月14日付けの手紙で、蝶について次のように書いている。

> 哀れな虫は網の中で震え、美しい色も擦れ落ちる。
> そして人が傷つけずに手早く捕まえると、
> それはピンを刺され、硬直し命を失い静止する。
> 死体は動物全体ではない、
> 他にも何か、中心となるものが含まれる、
> この場合でも、他の場合と同じく、最重要な核心を欠く。
> 命だ[6]。

生体を死物と同じに観ることはできないし、生体が非生命的自然の諸力以上のものを持つことはゲーテにとっては初めから明らかだった。またデュ・ボア＝レイモンの次の言葉は非常に的確である。

> かつてフリーデリケの恋人であった若きゲーテは『自然の体系』（ドルバック）を嫌ったが、ワイマールの詩人侯となったゲーテは今日の学問が描き出す純粋に機械論的な世界観をそれ以上に忌み嫌っただろう。

また、次の言葉も同様に正しい。

> カント・ラプラス理論によって確定された宇宙構造や、カオ

---

6 ヘッツラー（子）宛の手紙。WA. 4.Abt., Bd.1, S.237.

スから始まり永遠の過去から永遠の未来へと続く数学的に決定された原子の戯れを経て人類が誕生し、凍りつく宇宙の世界の終りに至る、 ― こうした恐ろしい考え方に現代人は列車と同じように慣れてしまっていて、何の感情も伴わずに見ているにしろ ― こうした考えにゲーテなら身震いをして背を向けたであろう[7]。

確かに彼は身震いをして背を向けたであろうが、その理由は、数学的に決定された複雑な機械論よりも高次な生命の概念を探究し、見い出したからである。そうした高次な概念を捉えられず、生体においても機械的なものしか見えないために生命を機械と同次元で捉える人は、機械的宇宙観やそこでの原子の戯れが居心地良く、デュ・ボア＝レイモンが語る像にも何の違和感も感じないのである。しかしゲーテの生命有機体の概念を受け入れられる人にとっては、機械的なものの存在と同様にゲーテの概念にも疑問を持たない。しかしゲーテの生命有機体概念を受容できる人ならば、機械的なものの存在と同様にゲーテの概念も認める。色彩世界について色盲の人と論争などしない。生命を機械と捉える見解をまとめて、ゲーテはメフィストフェレスにこう判決を下させた。

命あるものを識り、記そうとする者は、
まず霊を抜き出そうとし、
その結果、部分が手に残る。
残念ながら抜け落ちている！
霊的なつながりが[8]。

　　　　＊　　　　　　　　＊

　　　　　　　＊

7　著者注：『終わりなきゲーテ』S.35f
8　『ファウスト』悲劇第1部、Vers 1936-1939

■ ゲーテが影響を受けた人物、リンネ、ルソー、グライヒェン男爵 04〜07

07-04 ：ゲーテは完全から不完全を説明する

　ゲーテは1776年4月21日（26歳）にカール・アウグスト公爵から庭を
贈られ、植物の生育を身近に観察できるようになった。またチュー
リンゲンの森の山道では下等植物の生態を観察する機会を得て、大
いに触発された。特に苔と地衣類が彼の関心をひいた。1778年10
月31日（29歳）に彼は、フォン・シュタイン夫人にすべての苔の種
類を依頼し、しかも可能であれば根と湿気を保ったままの状態を望
んだ。生殖活動を観察するためであった。ゲーテが植物研究を下
等植物から始めている点は注目に値する。なぜならゲーテは、後に
原植物の理念を着想したときには高等植物だけを考慮したからで
ある。つまり高等植物だけを問題にしたのはゲーテが下等植物に
無知だったからではなく、植物本性の秘密が高等植物でより明確に
示されていると考えたからである。

★　彼は自然の理念をそれが最もはっきりと現れている地点で見い出
し、そこを起点に完全なものから不完全なものへと降りつつ個々
のものを理解しようとした。複合的なものを単純なものから説明
しようとはしなかった。そうではなく複雑なものを作用する全体
として一目で見渡し、その後で単純で不完全なものを複雑で完全
なものの偏った形成として説明しようとした。自然が無数の植物
形態すべてを包括するもう一つの植物形態を作る能力を持つなら、
この完全な植物形態を観ることで植物形成の秘密が精神内で直接
に観られるはずであるし、完全なものにおいて観察した事柄を容易
に不完全なものに応用できる。自然研究者は逆のこと、つまり完全
なものを単純な過程の機械的な総和とみなしている。彼らは単純
なものから出発し、そこから完全なものを導きだそうとする。

07-05 ：個々の違いに着目するリンネにゲーテは学べなかった

　ゲーテが植物学の学問的な師を求めたとき、リンネ以外の人物は
見当たらなかった。リンネへの取り組みはまず1782年（32歳）の

フォン・シュタイン夫人宛の手紙に読み取れる。ゲーテの自然科学研究への情熱はリンネの著作から得た関心が出発点になっている。シェークスピアやスピノザの他にリンネからも多大な影響を受けていることを彼自身が告白している[9]。しかしリンネからは非常にわずかな満足しか得られなかった。さまざまな植物形態の内に生きる共通のものを認識するために、ゲーテは植物形態を観察しようとした。これらすべての形態を植物たらしめている、まさにそのものを彼は知ろうとした。それに対しリンネは、さまざまな植物形態をある特定の基準に沿って並べ、それを記述することで満足した。

★　ここでは、ゲーテの素朴で囚われのない自然考察が、偏ったプラトニズムに影響された学問的思考法と事ある毎に衝突した。この学問的思考法では個々の形態を、根源的、並立的であるプラトン的諸理念または創造思想の実現とみなす。それに対してゲーテは個々の形態を、すべての形態内に息づいている理念的な原存在がそれぞれ一つの特殊へと形成されたと見ている。前者の考え方では、理念形態や創造計画の多層性を認識するために、個々の形態をできるだけ正確に区別しようとする。ゲーテは、特殊であるものの多層性を根源的な一なるものから説明しようとする。たくさんのものが多様な形ですでに存在するという事実は前者の考え方からは初めから明らかだし、それは彼らにとっては理念的な諸原像が元々多様だからである。ゲーテにとってそれは明らかではなかった。彼の見解では、多をまとめられるのは多の中に一なるものが開示しているときだけである。それゆえゲーテは言う。

　　（リンネが）力ずくで別々に分けておこうとしたものを、私の本性の最奥からの欲求で一つにまとめようと努めた[10]。

9　ツェルトナー宛の 1816年11月7日の手紙を参照。また、『著者は自らの植物研究の由来を伝える』『ゲーテ自然科学論集』Bd.1 S.68.

10『著者は自らの植物研究の由来を伝える』潮出版『ゲーテ全集第14巻』、152-153頁

リンネはその形態がどのような基本形態からできているかとは問わず、単純にそれを受け入れる。

　原則として、創造された多様な形態の数を種の数とする[11]。
これがリンネの基本原則であった。ゲーテは植物界の中に実効的なもの、基本形の特殊化によって個を創り出す実効的なものを求めた。

07-06 ：多様な植物を一つに結びつける方向をルソーに見つけた

ゲーテは、植物界に対する素朴で直接的な関係をリンネよりもルソーに見出している。1782年6月16日（32歳）に彼はカール・アウグスト公宛にこう書いている。

　　ルソーの作品には植物学の非常に愛すべき数通の書簡がございまして、その中で彼はある婦人にこの学問をきわめてわかり易く、愛情をこめて説明しています。これはまさに授業のよきお手本ですし、エミール副読本でもあります。それは私にとって、この美しい花の世界を新たな美しい恋人として受け入れるきっかけとなりました。

またゲーテは『著者は自らの植物研究の由来を伝える』の中でルソーの植物学の理念に引きつけられた理由を述べている。

　　ルソーは植物愛好者や専門家とくにポートランドの公爵夫人との交際を通じて鋭い洞察眼をより広い範囲に向けたようである。また、諸国民に法則や秩序を示すことを自分の天職と感じていた彼のような精神は、この非常に多様な植物界には一つの基本法則があるに違いなく、それが多様性を再び一なる総体に引き戻すと推測していたはずである[12]。

そうした基本法則、つまり多様なものの出発点であり、多様なもの

11　リンネ、*Genera Plantarum*, Frankfurt 1789,「Specos tot sunt diversae, quot diversas formas ab initio creavit infinitum ens.」

12　『著者は自らの植物研究の由来を伝える』潮出版『ゲーテ全集第14巻』、150頁

を一なるものへと統一するものをゲーテも求めていた。

07-07 ：植物の顕微鏡観察へのきっかけ

ルスヴルムと呼ばれていたフォン・グライヒェン男爵[13]の二冊の本が当時のゲーテの精神的な地平に合致した。二冊ともゲーテに多くの実りをもたらすやり方で植物の営みを扱っていた。『植物界の最新の事柄』（ニュルンベルク 1764）および『植物における顕微鏡的発見の抜粋』（ニュルンベルク 1777-1781）である。これらの本は植物の生殖活動を扱っている。花粉、雄しべ、雌しべが丁寧に記述され、生殖の過程がきちんと図に描かれていた。フォン・グライヒェン男爵の記述を確認するためにゲーテは自身の目で観察をしている。彼は 1785年1月12日（35歳）にヤコービに宛てている。

　　春になったら、フォン・グライヒェンの実験の結果を追視し
　　確認できるように、すでに顕微鏡を用意しました。

そして 1785年4月2日のクネーベル宛ての報告に見られるように、同時期に種子の本性を研究している。

　　種子という研究素材について私の経験が及ぶかぎり考えつ
　　くしました。

このゲーテの考察は以下の点を考慮すると真意が掴める。この時すでにゲーテは単なる観察にとどまらずに、自然現象の総合的な見解を模索していて、そうした観察はその見解を支持し補強するのに役立つはずだと考えていた。同年4月8日、彼はメルク[14]に、事実を観察しただけでなく、そうした事実について「ちょっとした発見と組み合わせ」をしたと報告している。

---

13 人物注：グライヒェン、ヴィルヘルム・フリードリヒ・フォン　Gleichen, Wilhelm Friedrich von (1717-1783) 植物学者。

14 人物注：メルク、ヨハン・ハインリッヒ　Merck, Johann Heinrich (1741-1791) 多方面に才能と関心を持つ文筆家、批評家。彼は 1771年にゲーテと知り合って、ゲーテの天才を認め、彼の「フランクフルト教養者新聞」（*Frankfurter Gelehrten Anzeiger*）の共同者に引き込んでいる。密な友情と、相互の啓発と関心といったものが、ゲーテのイタリア旅行を境に距離ができ疎遠になった。

*　　　　　　　*

*

■ **統一的視点の裏付け探求の中で人間の顎間骨を発見** 08～12

07-08 ：ゲーテにおける典型概念のはじまり

　ゲーテにおける生命的自然界の理念形成に本質的な影響を与えた
のは、1775年から1778年に出版されたラヴァーターの偉大な作品
『人間理解と人間愛を促進する人相学の断片』への関心であった。
彼自身、この本に小論を寄せている。すでにこの小論の論調にゲー
テの後の生命観が現れている。ラヴァーターでは人間の生体形姿
を魂の表現として扱うにとどまっている。彼は肉体形姿から魂の
特徴を示そうとした。

★　しかしゲーテはすでに当時から外的な形姿をそのものとして観察
し、その固有の法則性と形成力を研究していた。同時にアリストテ
レスの相学の本に取り組み、有機体の形態研究を基礎に人間と動物
の違いを明確にしようと試みていた。ゲーテはその違いを頭部に
見ていた。頭部は人間の身体構造全体を前提として構築され、また
その中に宿る完全なる脳に向けて、身体の全器官が設えられてい
る。動物ではそれとは対照的に頭部は背骨の付帯物であり、脳も脊
髄の付帯物であり、下位の生命活動や感覚刺激のコントロールを必
要最低限しか行っていない。当時からゲーテは人間と動物の違い
を個別な事柄に求めるのではなく、基本形態は同じでもその完成度
が違っているためと考えていた。このときすでに人間にも動物に
も当てはまる典型[15]のイメージがゲーテの周りを漂い始めている。
そしてその典型から身体全体が形成されるにしろ、動物ではその動
物の機能に沿って形成され、人間では精神的発達の土台を提供する
かたちで形成されるのである。

---

15 訳注：植物の典型が原植物、動物の典型が原動物

112

07-09 ：人体研究のはじまりと方向性

こうした観方から解剖学に特化したゲーテの研究が発展していった。1776年1月22日（26歳）ラヴァーターにこう報告している。

　　公爵が私に六つの頭蓋骨を用意してくださり、これらが公爵
　　以外から入手できないなら私に協力してくださるというす
　　ばらしいコメントも頂きました。

1781年10月15日（32歳）の日記を見ると、イェーナで老アインズィーデル[16]と共に解剖学をすすめ、同じ年にローダー[17]に解剖学をより詳しく解説してもらい始めているとある。また、それについて1781年10月29日にはフォン・シュタイン夫人宛に、11月4日には公爵宛に報告している。彼は、素描学校の若者に「骨格を解説し、人間身体の知識を紹介する」と企画していた。彼はこのように言っている。

　　閣下と私の意に沿って、この冬を通して、私が選んだ方法で
　　身体の基本構造を若者たちに完璧に教えます[18]。

そして、日記にもあるように実際にこの講義を行なった。またこの時期には人間の身体についてローダーともさまざまな意見交換をしている。そしてここでもまた、この研究の原動力であり、また本

16　人物注：アインズィーデル、アウグスト・ヒルデブラント・フォン　Einsiedel, August Hildebrand von (1722-1796) 秘密の助言者、ゲーテはこの家庭と親密につきあっており、個人的な困難に際し、彼らに尽くしている。長男はアンナ＝アマリア、カール・アウグスト侯、ゲーテの親密なサークルの一員であった。

17　人物注：ローダー、ユストゥス・クリスチャン・フォン　Loder, Justus Christian von (1753-1832) イェーナの解剖学と医学の教授。後にモスクワの宮殿の侍医。ゲーテは彼と非常に多く共に働いた。そして、1788年には彼の解剖学のハンドブックにゲーテの発見した顎間骨について書いている。

18　公爵宛の11月4日の手紙：「骨格を若い人たちに説明し、彼らに人間の体についての認識を深めてもらうよう、水曜日のアカデミーの夜に始めます。わたくしは、そうしたことを、わたくしと閣下の意に叶いますように、わたくしの選んだ方法によりまして、この冬中に肉体についての基本を知ってもらおうと思います」。

来の目標だったのは、彼の自然全般に対する見解であった。彼は「骨を、そこにすべての営みやすべての人間的なものが関連するテキストとして」扱っている[19]。当時の彼の精神が取り組んでいた考えは、生命的なものの作用について、また人間と動物の構造の関係についてであった。人間の身体構造は動物のその最高段階であり、人間は動物的なものをこの完成域に高め、さらに社会道徳的世界を生み出しているという理念をすでに 1782 年（33歳）に『神的なもの』という頌詩で詠んでいる。

> 高貴なる人間よ、
> 慈愛に満ち善良！
> そのことただ一つをとってみても
> 人間は違っている、
> 私たちが知る
> 他のすべての生き物と。
> - - - - - - - -
> 永遠で誉に値する
> 偉大な諸法則に従って
> 私たちは
> 私たちの存在の
> すべての円環を閉じるはずである。

07-10：基本原則と人間におけるその完遂

「永遠で誉に値する諸法則」は人間においても、他の生命世界と同様に作用している。そしてその法則が人間において完全なかたちになるのは、その諸法則によって人間が「高貴で、慈愛に満ち善良」となりうるからである。

07-11：ヘルダーと共同研究をしていた

ゲーテがそうした理念を着々と確立していく一方で、ヘルダーは

---

19 著者注：1781年11月14日付けのラヴァーターとメルク宛の手紙

『人類史の哲学についての理念』と取り組んでいた。この本の思想すべては二人の間でしっかりと検討されていた。ゲーテはヘルダーの自然観に満足していた。その自然観はゲーテ自身の考え方と合致した。

> ヘルダー氏の本でおそらく述べられているのは、私たち人間がはじめは植物や動物であった ──。ゲーテ氏は今これらの問題に考えを巡らせていて、彼の考えから出てくるものは非常に興味深いものになるでしょう。

フォン・シュタイン夫人は1784年5月1日付けでクネーベルにこのように宛てている[20]。ヘルダーとゲーテが理念をどれほど共有していたかはクネーベルに宛てたゲーテの1783年12月8日（34歳）の一節に読み取れる。

> ヘルダーは歴史の哲学を書いていて、これは考えが及ぶかぎり根底から斬新です。一昨日、第一章を読み合わせ、大変に貴重でした。

以下の一節はゲーテの考えと軌を一にしている。

> 人類とは、下等な有機的諸力の偉大なる総合である[21]。

さらには、

> こうして第四の仮説を立てることができる：人間は動物界の中心的被造物である。つまり、あらゆる種類の様子が非常に繊細なかたちで統合されている最も洗練された形態であろう[22]。

07-12 ：生命観の一貫性を求めて顎間骨を発見

しかし、そうしたイメージは当時の解剖学者の見解とは相入れな

---

20 『ドイツの文学と歴史にむけて』(*Zur deutschen Literatur und Geschichte*)、H. Düntzer 編、 Bd.1, Nürnberg 1857, S.120.

21 ヘルダー、『人類史の哲学についての理念』(*Ideen zu einer Philosophie der Geschichte der Menschheit*)、第1部、第5巻、3

22 ヘルダー、『人類史の哲学についての理念』第1部、第2巻、4、4

かった。当時は、上顎部には切歯の土台となる顎間骨という小骨があり、動物はそれを持ち、人間はそれを持たないと考えられていた。当時の代表的な解剖学者の一人であるゼーメリンク[23]は 1782 年10月8日付けでメルクに次のように宛てている。

わたくしは貴兄が顎間骨（*ossis intermaxillaris*）に関しまして、ヨハン・フリードリヒ・ブルーメンバッハを読まれることを望んでおります。顎間骨（*ceteris paribus*）はオランウータンを含めた猿までのすべての動物に見られる骨でありますが、人間では決して見られないものであります。もし貴兄がこの骨を除外して考えますなら、人間と動物とで対応させられないものはまったくなくなるのです。それゆえ、わたくしは貴兄に納得していただくべく雌シカの頭骸骨を添えさせていただきます。つまり、この顎間骨 *os intermaxillare*（ブルーメンバッハの命名）あるいは *os incisivum*（ペトルス・カンパー[24]の命名）が、上顎に切歯がない動物にも存在しているのです[25]。

これが当時の一般的な見解であった。ゲーテやメルクと親交のあった著名なカンパーもこの見解であった。人間では顎間骨がその両側にある上顎骨と融合してしまい、正常に形成された個体でははっきりとした境界が見えないことからこうした見解が生まれた。

---

23 人物注：ゼーメリンク、ザムエル・トーマス・フォン　Soemmering, Samuel Thomas von (1755-1830) 解剖学者、生理学者、同時に開業医。ゲーテは 1783 年にカッセルで知り合っている。そして、盛んな学問的な意見交換が行われた（『自然科学論集』第1巻、401頁より）。1791年にゲーテの人間の顎間骨を認めている。

24 人物注：カンパー、ペトルス　Camper, Petrus (1722-1789) オランダの外科医、著名な解剖学者。ゲーテの顎間骨のつくりについての観察と取り組み、すべてを追視した。しかし、当時のほとんどすべての学者と同様に、顎間骨が人間にも存在するというゲーテの発見を否定している。

25 『H.J. メルク宛の手紙』（*Brief an H. J. Merck*），Darmstadt 1835. S.354 f.

もしも学者たちの見解が正しかったとしたら、人間と動物で身体構造の共通な原像を考えることはできず、両者のフォルム間に境界が必要だっただろう。動物の構造の基本となる原像から人間を創り上げることはできなかっただろう。自らの世界観に対する妨げをゲーテは退ける必要があった。ゲーテはそれをローダーとの共同研究で1784年の春（34歳）に成し遂げた。

> 自然には本来秘密などなく、注意深い観察者にはそうした秘密もどこかで赤裸々な姿を現す[26]。

この彼の基本原理に沿って彼は研究を進めた。彼はある形成異常の頭蓋骨で上顎骨と顎間骨の間の境界を実際に発見した。3月27日には喜び勇んでヘルダーとフォン・シュタイン夫人にその発見を報告している。

> あなたにも心から喜んでもらえるでしょう。というのは、あたかもそれは人間の要石のように、欠けてはおらず、きちんとあるのです。しかし、どのように。あなたの考えている《全体》との結びつきも私は考えました。その《全体》は素晴らしいものになるでしょう。

そしてゲーテがこの論文を1784年11月17日（35歳）にクネーベルに送ったときには、彼の考え全体の中で占めるこの発見の意味を次のようにはっきりと書いている：

> 結果についてはヘルダーがすでに彼の理念の中で意味づけをしているので、ここでそれを示すのは我慢しよう。ただ、人間と動物との違いは個別な部分に存在するのではないのだ。

小骨についての決定的な誤謬を退けたとき、ゲーテははじめて自分の自然観を信頼することができた。自然が一つの根幹的形姿からいわば揺らぎつつ多様な生命を生み出していく様子に対する彼

---

26 『年・日記』（*Tag- und Jahreshefte*）1790. WA. 1.Abt., Bd.35. S.15/16

の理念を「自然界のすべての領域、自然のすべての王国に」広げて
いく勇気を持ち始めた。そのことをゲーテは1786年7月9日（36歳）
にフォン・シュタイン夫人に書いている。

＊　　　　　　　　　＊

＊

■ 統一的な基本概念の確立 13

07-13 ：基本概念を確立して個別の研究が進む

一つの文字を正確に解読してから、ゲーテはしだいに自然という書
物を読めるようになっていった。

> 長い間続けてきた綴り方の練習が今になって一挙に効果を
> 示しはじめました。私の静かな喜びは言い表しがたいです。

1786年6月15日（36歳）にフォン・シュタイン夫人にこう宛ててい
る。クネーベル宛に植物学の小論文を書く準備ができているこ
とも彼は自覚していた。1785年のクネーベルと共にしたカールス
バート旅行は文字どおり植物研究旅行となった。旅行から帰った
後、リンネを参考にして菌類、苔類、地衣類、藻類を概観している。
11月9日にはフォン・シュタイン夫人に次のように報告している。

> 私はリンネを読み続けていますし、また他に本がないのでそ
> うせざるをえません。これは一冊の本をきちんと読むのに
> は最良の方法で、しばしば実践しなければなりませんし、特
> に私は一冊の本を読み通すことができませんので。しかし
> この本は読むというより要約することが主眼で、これは私に
> とって適切な仕事です。というのも多くの事柄で私自身の
> 考えを巡らせたからです。

こうした研究をしていく過程で自然界の多様な植物形態すべてを
形成するための基本フォルムが、彼の中ではまだはっきりした輪郭
を持たないにしても、まとまっていった。1786年7月9日にはフォ
ン・シュタイン夫人に次のように宛てている。

118

本質的フォルムに気づきました。その本質的フォルムに
よって自然はいわば常に戯れ、戯れつつ多様な生命を産出し
ています。

＊　　　　　　　　　＊
＊

■ 統一的な基本概念から原植物への発展 14〜15

07-14 ：ゲーテは下等動物にも高等動物と同じ理念を観たはずである

1786年の4月から5月（36歳）に、ゲーテは顕微鏡でいろいろな煮
汁（バナナの果肉、サボテン、食用の茸の一種であるトリュフ、コ
ショウの実、茶、ビール、その他）から発生する下等な生物を観察
している。観察した生物の様子を丁寧に記録し、スケッチを添えて
いる[27]。こうした記録からもゲーテが生命の認識に当たって、下等
で単純な生物からアプローチしたのではないことが分かる。生命
活動の本質的様相を下等生物におけるのと同様に高等生物からも
把握できるとゲーテが考えていたのは明らかである。彼は、精神
的な眼によって犬において見られる法則と同じものが繊毛虫類で
も繰り返されるという見解を持っていた。顕微鏡によって小さな
生物で観察されることは、肉眼によって大きな生物で観察される
ことの繰り返しであった。顕微鏡観察によって感覚的体験が豊か
になる。生命の本性は、感覚的体験の微少部分への拡張によって
ではなく、より高次の観照方法によって明らかになる。ゲーテは
こうした本性を高等な動植物を観察することで認識しようとした。
もし彼の時代に動植物の解剖学が19世紀末の水準にあったとして
も、彼は疑いなく、当時実践したのと同じ方法でそうした認識を求
めただろう。もしゲーテが動植物を構成する細胞を観察できたな
ら、この根源的形態にも、それらの集合体で知覚されるのと同じ法

---

27 著者注：『ゲーテ自然科学論集』WA. 2.Abt., Bd.7. S.289-309

則が見られると説明しただろう。高等生物の生命活動を説明する
ときと同じ理念で、微小生物における現象も理解できるようにした
はずである。

07-15 ：イタリアにおける原植物の発見

生体の形成や変形の謎を解く鍵をゲーテはイタリア旅行中に発見
した。1786年9月3日（37歳）彼は南を目指しカールスバートを旅
立った。『著者は自らの植物研究の由来を伝える』[28]の中で、簡潔で
はあるが重要な一節で、植物観察に際して彼を触発し、後にシチリ
アで明確なイメージになったその鍵となる考えに触れている。

> （つまり植物形態は）幸運にも頑固さと柔軟さを兼ね備えて
> いる。つまりその種に固有で代々伝わる頑固さと、地球上の
> 多様な条件下でその環境に沿って自らを形成し、変形しうる
> 柔軟さである[29]。

アルプス越えの際やパドヴァ植物園などの場所で《可変的な植物形
態》が彼の前に姿を現した。

> 低地においては枝や茎は力強く太く、芽は互いに近く、葉
> は幅広かった。ところが山岳部の高地では枝や茎は繊細に、
> 芽はまばらに、節と節の間は離れ、葉も細長くなる傾向があ
> る。私はこうしたことをヤナギとリンドウで発見し、しかも
> それらが別種ではないと確証している。またヴァルヒェン
> 湖の近くでも、低地のものより長めで幅の細いイグサを見つ
> けた[30]。

10月8日にはヴェニスの海岸で生物と周囲の環境との相互作用がよ
くわかる植物群を見つけている。

---

28 著者注：『ゲーテ自然科学論集』Bd.1 S.61ff

29 『著者は自らの植物研究の由来を伝える』潮出版『ゲーテ全集第14巻』、154-155
頁

30 著者注：『イタリア紀行』1786年9月8日

それらの植物はみな太く頑丈で、水分が多く粘っこい。これは明らかに土中の古い塩分によって、というよりは空気中の塩分の影響による性質である。これらの植物は水生植物のように水気が多く、高山植物のように固く粘っこい。これらの葉に、アザミに見られるように先端に棘を持つ傾向がある場合には、その棘は恐ろしく尖り、しかも強い。私はそうした低木の葉を見つけた。ドイツでは可愛らしいフキタンポポがこの地では鋭く武装し、葉は革のようで、種を覆う鞘や葉柄もすべてが太く固い[31]。

パドヴァの植物園ではゲーテの精神内に、すべての植物形態を一つの形態から発展させることができるかもしれないという考えが明確になっていった[32]。11月17日に彼はクネーベルに報告している。

　　ここで私ははじめて植物学にささやかな喜びを得ました。ここでは健やかに成長した喜びに満ちた植生が当たり前です。私はすでに一般化へと向かうきちんとした注釈を書きましたし、それはあなたにも心地よい結果になるでしょう。

また1787年3月25日（37歳）には「植物学についてのあるすばらしいひらめき」が浮かんでいる。まもなく原植物がはっきりすることをヘルダーに伝えるよう依頼している。ただ「誰も原植物の中にすべての植物を認識しようとしない」ことを恐れていた[33]。4月17日に彼は「詩人的な夢を続けるという穏やかで確たる意図を持って公共庭園に」向かった。しかしあっという間に植物本性がまるで幽霊のように彼を捉えた。

　　長年に鉢植えや温室で見慣れた植物が、ここでは喜々と生き生きと青空の元で育ち、その種の特徴を完全に表現し、とて

---

31 著者注：『イタリア紀行』1786年10月8日

32 著者注：『イタリア紀行』1786年9月27日

33 著者注：『イタリア紀行』1787年3月25日

もクリアなのだ。新しいものや装いの新しいものを数多く
見ていく中で、昔の思いがよぎった：この一群の植物の中に
原植物を発見できやしないか。そういうものが一つは存在
しなくてはならない。個々の植物が一つの手本に沿って形
成されるのでなかったなら、私はどうやってどれもこれもが
植物だとわかるのだろうか。

例外的な形のものを見極めつつ排除しながらも、彼の考えは絶えず
すべての植物の根底にある一つの原像に向けられていた[34]。ゲーテ
は旅行中の植物観察や考察を植物学日記に記している[35]。この日記
のページには、成長と生殖の法則につながるのに適切な植物サンプ
ルを探し出そうと一生懸命だった跡がうかがえる。何らかの法則
が痕跡を残していると考え、彼はまず仮定的なフォルムを想定し、
後にそれを観察によって確認しようとしていた。発芽、受精、成長
の様子を丁寧にメモしている。植物の基本形態は葉であり、植物の
諸器官は葉の変形と考えるとすべてがうまく理解できることが次
第にはっきりしていった。植物日記にはこう書いている。

　　仮説：すべては葉であり、この単純さから最大級の多様性が
　　可能である[36]。

そして5月17日にヘルダーに報告している[37]。

　　植物生成の秘密や器官の秘密にかなり迫っていることを打
　　ち明けなければなりませんし、それは考えうるかぎり単純な
　　ものです。このシチリアの空の下では非常にすばらしい観
　　察ができます。芽の隠れている中心点を疑いもなく見つけ

34 著者注：『イタリア紀行』1787年4月17日

35 著者注：『イタリアでの形態学的研究』というタイトルの補遺、WA. 2.Abt.,
　 Bd.7, S.273ff

36 『ゲーテ自然科学論集』Bd.1 S.282

37 著者注：『イタリア紀行』1787年5月17日

ました。他のあらゆることも全体の中で見えていますし、後
はいくつかの点をよりはっきりさせなくてはいけないだけ
です。原植物とは世界における最も驚嘆に値する被造物で、
そのことでは自然もが私を羨むでしょう。このモデルに加
えて対応する鍵があれば、さまざまな植物を系統的に無限
に考え出せるのです。つまり、そうした植物は現実には存在
しないにしろ、それでも存在しうるし、絵画や詩作での幻影
や仮象ではなく、内的な真実と必然性を持った植物なのです。同じ法則を他のすべての生物にも適応することになる
でしょう。

── 前にも後ろにも植物は常に葉であって、未来の芽と非常
に密接に結びついていて一方なしには他方を考えることは
できません。そのような概念を掴み、身につけ、それを自然
の中で見つけ出すことが課題ですし、それは私たちを息苦し
いほどの甘さで包むのです[38]。

＊　　　　　　　　　＊

＊

■ **生気論と機械論の特徴 16～20**

07-16 ：生気論、機械論のどちらをも超えたゲーテ的観照

ゲーテが採った生命現象の説明方法は、自然科学者のそれとはまっ
たく違っていた。そして通常の自然科学者は二派に分かれる。一
方は、生体において作用し、他の自然的原因より高次な作用を及ぼ
すとされる生命力を擁護する人たちである。化学的な親和力や排
斥力、重力、磁力などが存在するのと同様に、生命力も存在すると
し、その生命力によって生体の物質が維持、成長、養分補給、生殖

---

38 『イタリア紀行』1787年7月の報告。ヘルダーへの手紙の抜粋がここで繰り返
　　されている。

といった相互作用を行えるとしている。この見解を採る自然科学者はこう言う：

　　生体の中でもそれ以外の無生物界と同じ諸力が働いているものの、そうした諸力の作用は決して命なき機械と同じではない。無生物界で作用する力はいわば生命力に取り込まれ、より高次の段階に引き上げられる。

この見解に対する反対派は、生体に特別に作用する生命力などはないと信じている。彼らは生命現象を複雑な化学的・物理的な過程と考え、いずれは生体も機械と同じように無機的な力の複合作用に還元して理解できるであろうという希望を持っている。前者は生気論、後者は機械論である。

★　ゲーテはそのどちらとも根本的に異なる考え方をする。生体においては無生物界とは異なる諸力が作用している点は彼にとって自明であった。生命現象を機械論的に把握することなどゲーテには認められなかった。またそれと同時に、生命作用の説明のために生命力という特殊なものを持ち出そうともしなかった。生命現象を捉えるための観照は、無機界の現象知覚における観照とは異なることを彼は確信していた。生命力を仮定する人は、確かに生命における力が単なる機械的なものではない点は理解しているにしろ、生命的なものの認識を可能にする別な観照方法を自身の内に育成する能力を持っていない。生命力という考え方は底知れず曖昧である。生気論の新しい信奉者であるグスタフ・ブンゲは言っている：

　　最小である細胞内にあらゆる生命の謎が含まれている。その微細な細胞研究においては現存の補助手段では限界に達している[39]。

★　これにはゲーテの考えに沿ったかたちで完全に答えることができ

39　著者注：ブンゲ、『生気論と機械論』ライプツィッヒ 1886, S.17、ゲーテ没後54年の出版、人物注：ブンゲ、グスタフ　Bunge, Gustav (1844-1920) バーゼルの生理学教授、ロシア系の出身。

る。非生命的現象だけを認識する観照能力は、補助手段を助けにその能力を限界にまで高めたとしても生命を捉えるには足らず、その限界を超える必要がある。けれどもこの観照能力の範囲内では生命を説明する手段を何も見いだせず、最小の細胞にすら適用できない。色彩現象の知覚に目が関係するのと同様に、生命を理解するには感覚的なものにおいて超感覚的なものを同時に観うる能力が関係している。生体の形姿にだけ感覚を向ける者は、この超感覚的なものにはまったく気づかない。ゲーテは植物形態の感覚的な観照をより高次に活性化させようとし、超感覚的な原植物の感覚的形姿を考えた[40]。生気論者は生体において彼の感覚では知覚不能なものをまったく見ることができなかったために、生気論という実体のない概念に逃げるのである。ゲーテは、着色された面が色彩で満たされているのを見るのと同じように、感覚的なものが超感覚的なものに満たされているのを見ていた。

07-17 ：生体物質が合成可能なら生命は複雑な機械である

機械論の信奉者は、生命物質を無機物から人工的に合成できるはずだと考えている。（本書出版の1897年より）さほど遠くない過去には、生体内の素材は人工的には作り出せず、生命力の作用によってのみ作りうると主張されていた。しかし現在ではすでにそうした生命物質のいくつかは実験室中で人工合成できる。同様に、炭酸、アンモニア、水、塩などを材料に生体の基本物質であるタンパク質も作られうるだろう。それゆえ機械論者は、生命が無機的過程の組み合わせにすぎず、生体が自然発生した機械以上ではないということが議論の余地なく実証されるだろうと言う。

07-18 ：機械論も暗黙に理念を前提にしている

これに対してゲーテの世界観の立場からは次のように反論できる。

---

40 著者注：参考『著者は自らの植物研究の由来を伝える』『ゲーテ自然科学論集』Bd.1 S.80

機械論者も彼らの流儀で素材や諸力について語るにしろ、それは経験という裏付けを持たない。さらにこうした論法に慣れきってしまっているために、これらの概念に純粋に経験だけから言える事柄を適用するのが困難になっている。

そこでまず、外界の出来事を囚われなく観察してみよう。特定の温度の水を適量取る。この水について、何によって、何を知るだろうか。これを見て気づくのは、これが空間の一部分を占め、ある特定の境界内に閉じ込められている点である。その中に指か温度計を入れると、それが特定の温度にあることがわかる。表面を押してみると、それが液状であることを体験する。これらは水の状態について感覚から伝えられる事柄である。さてここで水を加熱する。すると沸騰して、やがて蒸気に変化する。ここでもまた感覚知覚を通して、水が変化してできた蒸気という物体の性質について知ることができる。

★ 加熱の代わりに、特定条件の元で水に電気を通すこともできる。すると水は二つの物体、つまり水素と酸素に変化する。この二つの物体の性質も感覚を通して学ぶことができる。つまり人は物体の世界で諸状態を知覚し、同時にこうした諸状態がある一定の条件下で別の諸状態に移行するのを観察する。諸状態については感覚が教えてくれる。変化する諸状態についてだけでなくそれ以外の何かを語るなら、もはや純粋な事実関係からは離れ、そこに概念を付加している。

電気によって水から発生した水素と酸素はすでに水に含まれていたものの、それらは非常に密接に結びついていてそれぞれを別々には知覚できなかった。

この言葉ですでに知覚に対して概念を付加し、その概念によって水から酸素と水素が生じることを説明している。さらに一歩進んで、命名から見てもわかるように酸素（Sauer*stoff*）や水素（Wasser*stoff*）は素材（*Stoff*）であると主張するなら、ここでも知

覚に概念を結び付けている。なぜなら、酸素が占める空間で事実と・
して知覚されるのは諸状態の総和だけだからである。そしてこの
諸状態にそれに関係するとされる素材という概念を付加して考え
ている。酸素や水素として水中にすでに存在すると考えられる何
かとは、つまり素材的とされるものとは、知覚内容に付加された思
考産物である。水素と酸素をある化学反応で結合させて水にする
と、ある状態から別の状態へと移行する一連の諸状態を観察でき
る。しかし「二つの単純な素材が合成物へと一体化した」と言うな
ら、観察内容を概念的に解釈したことになる。《素材》という表象
に内容を与えるのは感覚知覚ではなく、思考である。

★　《素材》に似たことが《力》にも当てはまる。たとえば石が地上
に落ちるのを見る。そのときの感覚内容は何であろうか。次々に
移り変わる場所に現れる一連の感覚印象、諸状態だけである。感覚
世界でのこの変化を説明しようと試み、「地球が石を引っ張る」と
言う。地球には石を自分へと向かわせる《力》があるという。ここ
でもまた私たちの精神は事実関係に表象を結び付け、その表象に感
覚知覚に由来しない内容を与えている。人は諸素材や諸力を知覚
しない。そうではなく諸状態とその移行を知覚しているのである。
こうした感覚知覚に概念を結び付けることで、人は状態変化を説明・
するのである。

07-19 ：化学合成では反応の前後で知覚内容が変化する

酸素と水素は知覚できるものの水は知覚できない生き物がいると
仮定しよう。その生き物の目の前で水素と酸素を水へと反応させ
ると、二つの素材で知覚できた諸状態が雲散霧消してしまう。その
存在に私たちが知覚する水の諸状態を描写してやっても、その描写
から水のイメージは作れないだろう。これによって、酸素の知覚内
容には水の知覚内容を導出できるものは何一つないことが証明さ
れる。ある物体が二つ以上の物体から成るというのは次の意味で
ある。

二つ以上の知覚内容が、それに関連するにしろ前者とはまったく違う新しい知覚内容に変容する。

07-20 ：素材が生命化されるとその前後で知覚内容が変化する

炭酸、アンモニア、水、塩から実験室内で人工的にタンパク質を合成できたとき、何が達成されるのだろうか。多くの素材の知覚内容を一つの知覚内容に一体化できることがわかるだろう。しかしこの知覚内容は前段階の知覚内容からは決して導き出せない。生きたタンパク質の状態はそれ自体にだけ観察されるのであって、炭酸、アンモニア、水、塩の諸状態から発展してくるのではない。生体を構成する無機的成分も生体内ではまったく違ったあり方をしている。感覚的な知覚内容は、生物として現れてくる際には感覚的・超感覚的なものに変化する。この感覚的・超感覚的な考えを作り出す能力のない人は生体の本性を知ることはできないし、それはちょうど水を感覚知覚できない生き物が水について何も体験できないのと同じである。

＊　　　　　　＊
＊

■ **原植物という一理念から多様な植物形態が生じる 21**

07-21 ：原植物という一理念から多様な植物形態が生じる

発芽、成長、諸器官の変容、生体の栄養や生殖を感覚的・超感覚的な事柄として捉えることが植物界や動物界におけるゲーテの目標であった。この感覚的・超感覚的な成り行きが理念においてはすべての植物で同じであり、外的な現象としてはさまざまな個別な形態をとることに彼は気がついた。同様のことをゲーテは動物界でも確信できた。感覚的・超感覚的な原植物の理念を自身の内に作り出すと、すべての個々の形態に原植物を再発見するのである。多様性が生じるのは、理念としては同一のものが知覚世界では異なる形態として存在しうるからである。また個々の生体は諸器官からなり、

その諸器官は基本器官に還元することができる。植物の基本器官は節を含む葉であり、節とは葉の成長の出発点である。この基本器官は外的現象としては、子葉、葉、萼、花弁といったさまざまな形態をとる。

　植物が芽を伸ばし、花をつけ、実をつけるにしても、それらは常に同じ器官であるし、それは多様な限定要因の中でしばしば形態を変形させ、自然のモットーをやり遂げている[41]。

＊　　　　　　　　＊
＊

■ 植物メタモルフォーゼ論の概要 22〜26

07-22 ：原植物の像を完成に向けた種子の観察

　原植物の完全な像を得るためにゲーテは、発芽から結実までの植物成長の歩みにおいて基本器官が見せる諸フォルムを全般的にたどる必要があった。発達の始まりでは植物形態全体が種子内に宿っている。この種子内で原植物が取る形態では、その理念的内容がいわば外的現象としては隠れている。

　　種子には力、始まりの手本が眠っているだけ
　　被いの中で身を折り曲げ、自らを閉じて横たわっている
　　根や葉や芽が半分だけ形作られ、色はない
　　乾いた中で種子は静かに命を守る
　　かすかな湿り気を身に含むと、むくむくと湧き上がり
　　取り巻く闇の中からやがて自らをもたげていく[42]

07-23 ：種子から花までの原植物の展開

　種子からは最初の器官である子葉が、「その外皮を多かれ少なかれ

---

41 『植物のメタモルフォーゼ』115

42 著者注：『ゲーテ自然科学論集』Bd.1 S.97

地中に」残した後で展開し、「根を大地に」[43]しっかりと張る。成長に伴って新芽が次々に出るし、節が一つ一つ積み重なり、その節毎に葉がつく。葉はそれぞれ違った形態をとる。下方の葉は単純な形で、上方のものは種々の刻み目がついたり、切れ目が入ったり、多くの小葉が集まったりする。この発達段階での原植物は、感覚的・超感覚的内容を空間内における外的現象として展開している。ゲーテは葉が前進的に形成され、繊細化する原因は光と空気の作用と考えた。

　　閉じた種皮に包まれて形成された子葉は、いわば粗雑な液を溜め込んでいて、組織化も形成もほとんど、あるいはまったく進んでいないことがわかるし、水中で成長する葉もそれと同様に、大気に触れる葉より組織化が粗雑である。さらには同種の植物でも低湿地ではすべすべしたあまり繊細ではない葉を展開するのに対し、高地のものではざらざらして有毛でより繊細に形成される[44]。

成長の第二段階になると植物はそれ以前に広がっていった空間よりも狭い空間に再び引きこもる。

　　樹液がほどよく導かれ、管が狭まると、
　　同時に姿に繊細な作用が現れる。
　　茎は周りに広がるのを静かにやめて、
　　茎からの分枝が完全に終わる
　　しかし繊細な茎は葉も付けずに素早く高みへ上り
　　素晴らしき作品が見る者の眼を引きつける。
　　決まった数の、あるいは無数の小葉がぐるりと輪になり、

43　『植物のメタモルフォーゼ』10、文字どおりには、「（子葉）は多かれ少なかれ、その被いを地中に残すけれども、それらについては今のところ詳しくは観察しない。そして、多くの場合、根が地中にしっかりと張ると、上方の器官が光に向かって高く伸びていく」

44　『ゲーテ自然科学論集』Bd.1 S.25f

似たもの同士並びあう。

軸に集まり、覆い隠す萼が決断をくだす、

至高の形態、色あざやかな花弁へと自らを開放せんと。

07-24 ：植物の成長における原植物の現れ

植物の形態は萼では収縮し、花弁では再び拡張する。そして次には
雄しべと雌しべ、つまり生殖器官で再び収縮が続く。以前の発達段
階では、植物の形成力はただ一種の茎葉を基本器官としてそれを繰
り返し展開した。その同じ形成力がこの収縮段階では二つの器官
に分かれる。分離したものは再び一つになろうとする。これが生
殖過程での出来事である。雄しべの中の花粉が雌しべの中の雌的
な物質と一体化し、それによって新しい植物の芽ができる。ゲーテ
は受精を精神的なアナストモーゼと呼び、これを節の連続的展開と
いう過程の別なかたちと見ていた。

> 生体と呼ぶあらゆる物において、それと同じものを作り出す
>
> 力が認められる。こうした力が二分されているのを知ると、
>
> 私たちはそれを両性と呼ぶ[45]。

節から節へと植物は自分と同じものを作り出す。なぜなら節と葉
は原植物の単純な形姿だからである。この形姿で生産を繰り返す
ことを成長と呼ぶ。生殖力が二つの器官に分かれると両性という
言い方をする。こうした考え方で、成長概念と生殖概念を近づけた
とゲーテは考えていた。

★ 果実形成の段階で植物は最後の拡張に達し、種子では再び収縮が
見られる。この六段階の歩みで自然は植物成長の円環を閉じ、この
全過程をまた初めから繰り返す。ゲーテは種子中のものが葉の基
部にできる脇芽の変形であると見ている。脇芽から展開する側枝
は完全な植物であるにしろ、ただそれは大地からではなく母体植物
から生えているのである。いわば《精神的階梯》を種子から果実ま

---

45 著者注：『箴言と省察』『ゲーテ自然科学論集』Bd.5 S.434

で段階的に上昇し、自己変形する基本器官というイメージが原植物の理念である。

★ 基本器官が持つ変形能力をいわば目に見えるかたちで証明するかのように、自然界は特定の条件下で、特定の段階で正規の成長で現れるはずの器官の代わりに別な器官を展開することがある。たとえば八重咲きのケシでは、本来雄しべであるべきところに花弁が現れる。理念的には雄しべに決定されていた器官が花弁になった。通常の植物成長の歩みではある特定の形姿をとる器官でも、別な形姿を取る可能性を保っているのである。

07-25 ：原植物のわかりやすい現れ

モルッカ諸島からカルカッタを経てヨーロッパに渡来したセイロンベンケイソウ（*Bryophyllum calycinum*）は原植物の理念をわかりやすく提示しているとゲーテは見ていた。分厚い葉の縁から新しい小植物が発生し、それが母体から離れると完全な植物に成長する。この様子をゲーテは、葉の中に理念として潜んでいる完全な植物が感覚的・観照的に現れていると見ていた[46]。

07-26 ：原植物によって個体、種、属等々も理解できる

原植物のイメージを自身の内に創り上げ、その理念を流動的に保持し、理念にその内容を与え、可能なあらゆる形態を考えられる人は、原植物の理念を補助にして植物界のすべての形態を説明できる。その人は個々の植物の発生も把握するだろう。しかしそれだけでなく、類、種、変種などすべてがこの原像に沿って形成されていることも見出すだろう。ゲーテはこうした観方をイタリアで完成させ、1790年（40歳）に『植物メタモルフォーゼ試論』として出版した。

---

46 著者注：『*Bryophyllum calycinum* についてのメモ』WA. 2.Abt., Bd.6, S.336f

*　　　　　　*

*

■ **原動物理念の探究 27~28**

07-27 ：人体形態学の考察

　人間身体の理念もゲーテはイタリアで発展させている。1787年1月
20日（37歳）にクネーベルに宛てている。

> 解剖学においても私はかなり準備ができていて、苦労なしで
> はなかったにしろ、人間身体についての知識をかなり身につ
> けました。この地では時を忘れて彫像の観察に誘われます
> し、しかもそれはより高次なやり方での観察です。わが国の
> 医学・外科解剖学では部分的な知識しか取り上げられず、そ
> こに申し訳程度の筋肉が加わるだけです。しかしローマで
> は、部分が同時に高貴な美しいフォルムを示していなければ
> 部分とすら言えないのです。 ─ ラザロ・サン・スピリトの
> 大病院では、芸術家お気に入りのたいへん美しい筋肉像が展
> 示されていて、その美しさは驚くばかりです。それは本当に
> 半神マルシアスが皮をはがれた姿のようです。 ─ このよう
> に古代人の導きに従って、骨格を人工的に並べた骨の塊とし
> て学ぶのではなく、命と動きを加えることができる結合組織
> も伴って学んでいます[47]。

イタリアからの帰路でもゲーテは熱心に解剖学を研究している。
植物の形成法則を認識したのと同じように、動物形態の形成法則も
認識したいという思いに駆られていた。動物生体の一体性はある
一つの基本器官に基づいていて、その基本器官が外的現象としては
さまざまな形姿を取りうると彼は確信していた。基本器官の理念
がほとんど現れていない場合、理念は不完全な形成として現れる。
すると単純な動物器官になる。理念が素材を自分に似せられるほ

---

47 『イタリア紀行』1787年1月20日

どに強力になるとより高次で高貴な器官が発生してくる。単純な器官ではほぼ理念としてのみ存在するものが、より高次の器官では表に現れ出てくる。

★ すべての形態をたった一つのイメージから捉えることに植物では成功したのに対し、動物ではそれがうまくいかなかった。動物形態での形成法則は、脊髄と脳、及びそれを取り巻く骨格といった部分的な発見にとどまった。ゲーテは脳を脊髄よりも高次な形成と見ている。個々の神経節をゲーテは低次段階にとどまった脳と見なした[48]。そして脳を囲む頭蓋骨は脊髄を取り囲む椎骨の変形とみなした。頭蓋骨の後部の骨（後頭骨、蝶形骨、篩骨）を変形した椎骨と見る点については、それ以前に思いついていた。1790年（40歳）にリドの砂丘でうまく壊れたヒツジの頭蓋骨を発見して、口蓋骨、上顎骨、顎間骨が椎骨の変形であることを直接に見て取り、頭蓋骨の前部の骨が椎骨の変形であると主張している[49]。

07-28 ：ゲーテは動物における基本構造を椎骨と捉える

ゲーテの時代には動物解剖学は発展途上で、完成形の頭蓋骨の該当位置に椎骨が存在する例、つまり理念的存在でしかないものが完成形の動物では目に見えるかたちで現れているものを提示することはこの時点では望みでしかなかった。ゲーテ没後の 1872 年に発表されたカール・ゲーゲンバウワー[50]の研究では、そうした動物

---

48 著者注：1790年のヴェニス旅行のメモ帳からの補遺。「脳自体は大きな神経節にすぎない。それぞれの神経節で脳の機構が繰り返され、その結果、一つひとつの神経節を小型の下位に属する脳と見なすことができる」。

49 『年・日記』(*Tag- und Jahreshefte*) Tag- und Jahreshefte1790. WA. 1.Abt., Bd.55. S.15. この出来事は、顎間骨についての議論に関する R. シュタイナーの注釈にも引用されている。『ゲーテ自然科学論集』Bd.1 S.316. - 『適切な一語による著しい促進』潮出版『ゲーテ全集第14巻』、18頁

50 人物注：ゲーゲンバウワー、カール　Gegenbaur, Carl (1826-1903) 動物学者。イェーナとハイデルベルクで比較解剖学。

形態が示されている[51]。原始魚類あるいはセラヒー（サメの先祖）で、その脳や頭蓋骨は明らかに脊髄や脊椎の末端とみなせる。発掘されたこの動物の頭部形成では、ゲーテの仮説より多い椎骨（最低9個）が関係しているように見える。しかし頭蓋骨が脊髄や椎骨の変形であるというゲーテの理念は評価されなかった。椎骨の数がゲーテ説と食い違っていること、さらには高等動物の頭蓋骨が椎骨状のパーツの組み合せで形成されるのではなく単純な軟骨状の膨みから発生することの二つの事実がその否定の根拠である。

★ まず頭蓋骨が椎骨から生じる点は認められている。しかし高等動物に見られる頭部の骨形態が椎骨の変形であることは否定されている。椎骨は完全に軟骨状の膨らみに溶け込み、そこでは本来の椎骨構造が完全に解消しているというのである。そしてこの軟骨カプセルから高等動物の骨形態が形成されてくる。こうした形態は、椎骨の原像に沿って形成されたのではなく、完成した頭部における役割に応じて形成されている。何らかの頭部骨形態を説明したいなら、「頭蓋骨となるために椎骨がどう変形したか」ではなく、「こうした単純な軟骨カプセルから何らかの骨形態が分離形成させたのはどのような条件だろうか」を問うべきだというのである。

★ 元々の椎骨形態が無構造な軟骨カプセルに解消した後で、新たな形成法則に沿って新たな形態形成が行われると考えられている。しかしこの事実とゲーテの考えに矛盾を見るのは、事実狂信者だけである。頭蓋骨の軟骨カプセル内では感覚的には見えないもの、つまり椎骨構造はカプセル内でも理念として同等に存在していて、そのための条件さえ整えばすぐに現象として現れるのである。軟骨状の頭部カプセル内には感覚的物質内に椎骨状の基本器官が隠れている。そして完成した頭蓋骨では、その理念が再び現象として

---

51 Carl Gegenbaur, *Untersuchungen über das Kopfskelett der Wirbeltiere*, Leipzig 1872, 及び *Über das Kopfskelett derSelachier* 1872.

現れてくるのである。

＊　　　　　　　　　　＊

＊

■ **動物研究は途上に終わった 29〜30**

07-29 ：原動物の認識には至らなかった

　ゲーテは動物の形成法則を、脳と脊髄やそれを取り巻く頭蓋骨と椎骨について明らかにしたのと同じやり方で他の器官についても明らかにできると期待していた。リドでの発見についてゲーテは1790年4月30日（40歳）にフォン・カルプ夫人を介してヘルダー氏に次のように伝えている。

　　動物の形態やそのさまざまなヴァリエーションに関する一つの全体的な公式に迫っていますし、その発見はまったく予想外の偶然でした[52]。

研究は完成間近で、その発見年である1790年内（41歳）に動物の形成について『植物のメタモルフォーゼ論』に相当する論文を完成させたいと考えていた[53]。1790年7月（40歳）にはシレジアに向かい、その地で比較解剖学の研究を進め、論文『動物の形態について』を書き始めている[54]。幸運によって出発点を手に入れたものの、ゲーテは動物形態全体の形成法則には到達できなかった。動物形態の

---

52 著者注：1790年4月30日のゲーテよりフォン・カルプ夫人宛ての手紙の中で、「私が、特別な偶然によって、動物の形態とその様々な変形の一つの全体的な公式に近づいていることを、ヘルダーに伝えてください。また、魚や海蟹の観察から多くを得ました」。
　　人物注：カルプ、シャルロッテ・フォン、旧姓マルシャルク・フォン・オストハイム　Kalb, Charlotte von, geb. Marschalk von Ostheim (1761-1843) ワイマールやヴァルタースハウゼンに住み、シラー、ジーン・パウル、ヘルダー家と密接な関係を保つ。ヘルダーリンは彼女の息子の先生であった。ゲーテとは友情温まる文通をしている。

53 著者注：クネーベルとの書簡、1790年7月9日と10月17日、1791年1月1日

54 著者注：WA. 2.Abt. Bd.8, S.283ff.

典型を見出すために多くの糸口を試みたが、原植物理念に相応する
ものは生まれてこなかった。ゲーテは動物同士あるいは動物と人
間を比較し、動物の構成について、自然がそれを一つのマスターと
し、それに沿って個々の形態を形づくる普遍的な像を得ようとし
た。動物形成の基本法則に沿ってそこに内容を満たしたイメージ、
またいわば自然界の原動物を追創造した生き生きとしたイメージ
などは動物典型の普遍的な像ではない。普遍的概念でありうるの
は、特殊である現象から切り放されたものだけである。ゲーテは多
種多様な動物形態において共通なるものを捉えた。しかし動物で
あることの法則性には届かなかった。

　　すべての部分は永遠の法則に沿って形成され、

　　そして希少なフォルムは原像を秘密として守っている[55]。

07-30 ：動物形態についてのゲーテの到達地点

基本となる節構造を法則的に変形することによって、この原像から
動物器官の多節的原型が発展的に形成されてくる様子を、ゲーテは
一貫したイメージにはできなかった。

　1.『動物の形態』
　2.『骨学にもとづく比較解剖学総序説第一草案』[56]
　3. より詳細である『比較解剖学総序説草案の最初の三章につい
　　ての論説』[57]

---

55 詩：『動物のメタモルフォーゼ』

56 1795年（46歳）にイェーナで完成。潮出版『ゲーテ全集第14巻』、176-187頁

57 1796年（46歳）。潮出版『ゲーテ全集第14巻』、188-201頁。その中で、「創造的
で大きな力によって、普遍的な模式に従って、より完成された有機的自然を創
り出し発展させたのを私たちが認識したのであるから、この原像を感覚的にで
はなく、精神的に表現したり、その原像を基準にして、つまり一つの基準にし
て私たちの記述を作り上げたり、そうした基準を様々な動物の形態から引き離
すことができたとして、様々な形態を再びそれに帰着させるのは、不可能なの
だろうか」。

といった論文をまとめた。しかしそこで述べられているのは諸動物を目的に応じて比較するという一種の導入だけで、そこから創造的な力にとっての手本となるべき「自然界の生命を生み出し、発展させた」普遍的なシェーマを得ようとしていた。あるいは「状態描写を仕上げる」のための基準、「仮に種々の動物形態の状態描写が失われたとしても、幅広い形態を再現できる」ための基準が述べられたにすぎない[58]。それに対し植物では、一つの原像から一連の変形作用を経て法則に沿って完成された生命形態が創り上げられる様子をゲーテは示した。

＊　　　　　　　　　＊
＊

■ 動物界の部分的法則は発見した 31〜32

07-31 ：原動物理念の振舞いの一例

自然の創造的な形成力や変形力を動物生体のすべての部分においてたどることはできなかった。それでも、自然が動物の形態形成に際して守っている個別の法則、普遍的な基準を墨守しながらも多様な現象として現れる法則は見つけることができた。自然には普遍を勝手に変える能力はないと彼は考えた。自然がある形態においてある部分を特別に完成させる場合、それには必ず他の部分の犠牲が伴う。原有機体は、何らかの動物において現れうるあらゆる部分を含んでいる。個々の動物形態では、ある部分は形成され、別のある部分は暗示にとどまる。ある部分は非常によく完成され、別のある部分は感覚的観察ではまったく知覚されない。後者の観察されない形態についてもゲーテはこう確信していた。特定の動物では普遍的典型が完備しているあるものが見えないにしろ理念においては存在していると。

---

58 著者注：『骨学にもとづく比較解剖学総序説第一草案』1796年

ある動物に何かすばらしい部分を見たのなら、
他のどこかに欠けるところはないかと問うて、
探求の精神を持って探してみるがいい。
するとあらゆる形成にかかわる鍵を見つけるだろう、
なぜなら角を持つ動物のどれ一つとして、
上顎の歯を完備しているものはいないのだから、
それゆえ永遠なる母性にもライオンに角を生やすことは
いかにしても不可能であり、総力が歯に注ぎ込まれた：
というのはすべての歯をきちんと生え揃え、
なおかつ角を生えさせるだけの量は持たないのだから[59]。

07-32 ：器官の相関法則

原有機体ではすべての部分が形成されて、それらがバランスを保っている。そして、個々の多様性が生じるのは、形成の力がある部分に費やされるために他の部分が外的にまったく、あるいは暗示的にしか現れないからである。動物生体のこの法則を、今日では、器官の相関法則、あるいは器官の補完法則と呼んでいる[60]。

＊　　　　　　　　　＊
＊

■ **生命多様性や進化論における原生物の意味 33〜35**

07-33 ：生物の特徴は原有機体の側から決定される

ゲーテは、原植物の理念中にはすべての植物界が、そして原動物の理念にはすべての動物界が含まれると考えた。この考え方からは次の問いが生じる。

　　ある時はこれこれの動植物形態が生じ、またある時はしかじ
　　かの形態が生じるのはどのようにしてなのだろうか。

---

59 詩、『動物のメタモルフォーゼ』

60 訳注：21 世紀日本ではこの法則は特に命名されていないと思われる。

いかなる条件下で原動物は魚になるのか。またどのようなときに鳥になるか。

★ 生体の構造についての学問的な説明をゲーテは自説と相容れないと感じた。学問的とされる考え方の信奉者は、どの器官についてもこう問う。

その器官はそれを持つ動物にどのような利点をもたらすか。

この問いの根底にはある一般的な考え方がある。つまり、神的な創造者なり自然なりがそれぞれの生物にある特定の目的を設定していて、その目的を達成するのに都合のよい構造をその生物に与えているというのである。ゲーテはこうした問いは「他の球にぶつかられて転がる球が動く目的は何か」という問いと同じくらい不適切と考えていた。球の運動は、衝突その他の原因で動きだした球が従う法則を見つければ説明がつく。球の運動は何に役立つのかを問うのではなく、どう始まったのかを問う。同様に、ゲーテの見解では牡牛は何のために角を持っているのかではなく、牡牛はどのようにして角を持ちうるのかを問うのである。どのような法則によって牡牛において原動物は角を持つ形態として現れるのか。生物形態の多様性を説明するための根拠を見出すために、ゲーテは原植物と原動物の理念を捜した。原植物とは、植物界における創造元素である。個々の植物種を説明しようとするなら、この創造元素がそうした特殊化に向けてどのように作用しているかを示さなくてはならない。生体の形態にとって重要なのは内的に作用する形成力ではなく、外から与えられる特定の目的であるという考え方は、まさにゲーテの見解と対立する。ゲーテはこう記している。

最近、カプチン系のチューリッヒの預言者の奇妙な言説に次のようなナンセンスを見つけた：命あるものすべては、その外にある何かによって生かされている。とか、だいたいそういったような意味だった。異教徒への対抗から軽率にこう書いてしまったかもしれないし、校訂の際にも守護神が彼の

袖を引っ張ってくれなかったのだろう[61]。

ゲーテは生命体をそれ自体によって存在し、それ自体の法則に従って形成される一つの小世界と考えていた。

> 生命体とは特定の目的に従って外界に創り出され、その形態はある意図的な原動力によってその目的に適うように決定されているという考え方があり、これは自然物の哲学的考察の分野では何百年も続いてきたし、現在も続いている。何人かはこの考え方と激しく闘い、それが大きな障害であることを示したにもかかわらずである。— この表現が許されるなら、この考え方はありきたりである。ありきたりなものはありきたりとしか言いようがない。というのは、これは人間本性にとって非常に心地よく、事足りるものだからである[62]。

もちろんこう言えば心地よい：

> 創造主が何らかの目的を基盤にある生物種を創造するに当たって、その目的に見合う特定の形態を与えた。

★　しかしゲーテは、自然を自然の外にある何らかの意図からではなく、自然自体の内にある形成法則から説明しようとした。個々の特定の生命体の形態は、原植物・原動物が特殊においてある特定の形態を与えることで生じる。そうした形態は、その生物が生きる環境で生き永らえるものでなければならない。

> われわれが魚と呼ぶ被造物は、われわれが水と呼ぶエレメントの中でのみ生存可能である — [63]。

ある特定の生命形態が生まれてくるための形成法則を捉えるために、ゲーテは彼の原有機体にとどまり続けた。その原有機体は、千

---

61 著者注：『イタリア紀行』1787年10月5日

62 著者注：*Einleitung zu einer allgemeinen Vergleichungslehre* - 『普遍的な比較論の試み』、潮出版『ゲーテ全集第14巻』、172頁

63 著者注：『普遍的な比較論の試み』、潮出版『ゲーテ全集第14巻』、174頁

差万別な外的形態を実現する力を有している。ゲーテが魚を説明するとしたら、原動物が理念として包括するあらゆる形態の中から、まさに魚の形態を生み出すためにどの形成力を用いたかを研究しただろう。もしある環境下で原動物がある形態を実体化しても、その形態がそこで生きられなければそれは絶滅する。ある生存環境下である生命形態が生存し続けるのは、その状況に適応した場合のみである。

　　つまり動物の形態が生き方を決め、

　　そして生き方、それがあらゆる形態に非常に強く反映する

　　こうして厳密な秩序を持つ形成がなされ、

　　それは外からの作用によって、相互作用への傾向を持つ[64]。

07-34 ：外的変化を刺激に原有機体は内因的に生物を変化させる

ある特定の生活エレメントの中で生存し続ける生命形態は自然界のこのエレメントから制限を受ける。ある生命形態がある生活エレメントから別な生活エレメントに入ったならば、その形態は相応に変化しなければならないはずである。こうしたことは特定のケースには起こりうるし、それが可能なのはその形態が内に持つ原有機体が無数の形態を実現しうるからである。しかしゲーテの見解では、ある形態から別な形態への変化とは、外的要素が直接に作用するためではなく、外的要素をきっかけとし内的本質に変化が促されるからである。内的法則に沿って特定のやり方で生体を作り変えるように、変化した生活環境が生体を刺激する。外的な要因は直接にではなく間接的に生命体に作用する。原植物と原動物の中には千差万別な生命形態が理念として含まれている。そして該当の外的影響が刺激として作用した形態が実際の存在として現出する。

---

64 詩、『動物のメタモルフォーゼ』

　ある植物種あるいは動物種が特定の条件下で時間の経過とともに別のものに変化するという考え方は、ゲーテの自然観においてはまったく正当である。生殖過程において新しい個体を創り出す力とは、成長に伴う逐次の器官変形の際に作用する力が変容したものに過ぎないとゲーテは考えていた。生殖とは個体を越えた成長である。成長の際には、理念としては同一な基本器官が一連の変化をするように、生殖の際にも、理念的な原像を保持したままで形態の変化が現れうる。根源的な生命形態が存在したからこそ、その子孫が非常に長い時間をかけて少しずつ変化し、現在地球上に生息する多種多様な形態へと変遷していくことができた。すべての生命形態には現実の血縁関係があるという考えは、ゲーテのこの基本見解に由来している。原動物と原植物の理念がひらめいた直後には、そうした考えをより完全なかたちで表現できたはずである。しかしこの考えに触れるとき、ゲーテは控え目に、そう、曖昧に表現している。『植物のメタモルフォーゼ』の発表後、さほど時を置かずに出たはずの『普遍的比較論の試み』には次のように述べられている。

　　ある被造物を出現させ、それを養うために自然は常に同じ手段を用いなくてはならないとは、自然はなんと称賛に値するのだ！　　そして人はまさにこの自然の道を先に進むだろう。まず生命化されていない未分化な諸要素を非生命的存在の媒体とみなすのと同じように、観察の次元を上げ、生命世界を多要素の関連とみなすことになるだろう。魚にとっては海や川が生存条件として必要であるように、たとえば特定の生存条件でしか生きられない昆虫にとって植物界は、魚にとっての広大な海に相当するだろう。そして、非常に多くの生きた被造物がこの植物界という海で生まれ、養われるのを見るだろう。そして最後に、動物界全体を再び一つの巨大

な要素とみなし、ある属が他の属を基盤にし、他の属によっ
て、発生はしないにしろ、維持されるのである[65]。

『比較解剖学総序説草案の最初の三章についての論説』（1796年、46
歳）ではより思い切って書いている。

こうしたことがわかったなら、研究抜きでも次の主張ができ
る。魚類、両生類、鳥類、哺乳類、そしてその最高位に人間
を含む完全な生物的自然全体が、すべて一つの原像に基づい
て形づくられているし、その原像は最も安定した部分におい
ても多少の揺らぎがあり、また日々、生殖を介して形成や変
形がおこなわれている。

★ 形態変化の考え方にゲーテが用心深かったのは理解できる。ゲー
テにとっての理念形成期には、この考え方は決して突飛ではなかっ
た。しかし時代はこの考えを最も不毛なやり方で醸成した。

当時（1807年に「当時」と回想している）は、今からは思い
もよらないほど暗黒であった。たとえば、人間か否かは四足
歩行で決まり、もし熊がある程度の時間直立するなら人間に
なれるなどと言われていた。ディドロは厚かましくも、山羊
足の半人半馬を作り出し、それを着飾らせ特別な祭典や表彰
式の際に、馬車に乗ったお偉方や金持ちに献上する方法を提
案した[66]。

そうしたいい加減な言説とはゲーテはかかわりたくなかった。

★ 命あるものの基本法則の理念を得ることに専念していた。その際
に明らかになったのは、生物の形態は硬直した変化不能なものでは
なく、絶えず変形を伴って形成される点であった。個々の場合で実
際にこうした変形がどのように行われているかを明確にするには、
観察が十分ではなかった。ダーウィンの研究やヘッケルによるそ

---

65 『普遍的な比較論の試み』、潮出版『ゲーテ全集第14巻』、175頁

66 著者注：『植物生理学の予備的研究』潮出版『ゲーテ全集第14巻』、48頁

の意味深い検証によってはじめて、個々の生体形態の類縁関係にいくらかの光が現実に当った。

★ ゲーテの世界観の立場からは、ダーウィンの主張に対しても、ある生物種が別の種から現実に現れたという点については単純に賛成する。しかしゲーテの理念は、現代のダーウィン主義に比べはるかに深く有機体の本性に肉薄する。ゲーテが感覚的・超感覚的像として考えていた有機体に内在する原動力をダーウィン主義は不要と考えていた。それどころかダーウィン主義は、ゲーテ的前提から生物や器官が実際に変形するという説を完全に誤りとしている。ユリウス・ザックスは次のような言葉でゲーテの考えを退けている。

> 対象を、根本的には私たちの概念的産物であるメタモルフォーゼなるものとみなすことで、ゲーテは悟性によって得られた抽象を客観的対象に適用している。

この見解によれば、ゲーテは葉（Laub*blätter*）、萼（Kelch*blätter*）、花弁（Blumen*blätter*）その他を一般的な概念の元でまとめ、それに *Blatt*（複数形は *Blätter*）という名前を付けただけになる。

> もし目前の植物の先祖において雄しべが普通の葉であったと仮定することが許されれば、もちろん話は違っただろう[67]。

こうした見解は事実狂信から生じているし、理念が感覚知覚できるものと同様に客観的に物に属していることを見抜けていない。

★ ゲーテの見解では、生体が別の生体に変化すると言えるのは、それらの外見に関連があるだけでなく、両者に共通する何かがある場合だけである。その共通なものが感覚的・超感覚的な形態である。目の前にある植物の雄しべが先祖における葉の変形と捉えられるのは、両者に同一の感覚的・超感覚的なかたちが生きている場合だ

---

67 著者注：『植物学の歴史』Sachs, *Geschichte der Botanik* 1875. S.169

けである。もしそうでないなら、先祖の植物では葉を付けていたの
と同じ場所に目前の植物では雄しべができた場合に、変形が起きて
いるのではなく、ある場所の器官が別なものに置き換わっただけで
ある。動物学者のオスカー・シュミット[68]はこう問うている。

　　ゲーテの観照にしたがえば、いったい何が変形したというの
　　だろうか。原像ではありえない[69]。

確かに原像は変形しない。これはすべての形態において同じだか
らである。しかしまさにこれが同じままであるからこそ、外的な形
態は多様でありえつつ、一体的な全体であり続けるのである。別な
ものに発展した二つの形態に同じ理念的原像を見ることができな
いなら、その両者に何の関連も考えることはできない。理念的な原
像という考えがあってはじめて、生体形態は変形によって分化する
という主張に現実的な意味を持たせられるのである。この考えに
まで自己を高められない者は、単なる事実の領域から離れられな
い。この考えの中に生物進化の法則がある。ケプラーの三法則に
よって太陽系の成り行きが理解されるように、ゲーテの理念的原像
によって生物界の形態形成が理解される。

＊　　　　　　　　　＊
＊

■ **カントは生命認識を不可能とした 36**

07-36 ：カントが示した生命認識の不可能性をゲーテが乗り越えた

　カントは多様なる現象を決定するのは理念的総体であるにしろ、そ
の理念的総体に入り込む能力は人間精神にはないとした。さらに、
個々の生命形態を一つの原有機体から説明しようなどとすること

---

68 人物注：シュミット、オスカー　Schmidt, Eduard Oscar (1823-1868) 博物学
　　者。

69 著者注：『ゲーテはダーウィン主義者だったか？』Oscar Schmidt, *War Goethe
　　Darwinianer?* Graz 1871, S. 22

は「理性の無謀な冒険」[70]とした。そうした冒険に対し人間に可能なのは、多様な現象を一つの一般概念に要約し、その一般概念を介して悟性によって一体なるものについての像を作ることだと言う。しかしこの像は人間の精神内のみに存在し、一体なるものそれ自体から多様なものを産出する実効的創造力とはまったく無関係であるというのがカントの考えである。ここで「理性の無謀な冒険」という言い方が成り立つのは、母なる大地が合目的性の劣った形成によって単純な生体を生じさせ、その生体が合目的性の優れた形態を生み出すと仮定する場合である。さらにはより完成した生物、そして最も完成した生物にまで進化していくと仮定する場合も含まれる。このような仮定では、すべての構成員を合目的的に進化させるという初期設定を持つ有意図的な創造力を前提としているとカントは言う。人間はまず多様な生命を知覚する。しかし人間はその生命の中に入り込むことができないために、その生物がどのようにして環境の生活エレメントに適応した形態を自ら創り出しているかを見ることはできない。したがって与えられた環境下で生存可能であるために、形態は外側から調整されているはずだと考えざるをえない。

★ ゲーテは、自然が全体から個をどのように創造するか、また内的なものから外的なものをどのように創造するかを認識する能力を付与されていた。カントが「理性の無謀な冒険」と呼んだものを、彼は果敢にも成し遂げようとした[71]。本章で触れた限界の範囲内ではあるにしろ、ゲーテはすべての生物形態の血統的類縁性の考えを正しく認識し、この考えが成り立つことを証明している。そうした証明がなかったなら、私たちはカントの「理性の無謀な冒険」という判断に従わなくてはならなかっただろう。

---

70 カント著『判断力批判』神学的判断力の方法論。80

71 著者注：『直感的判断力』潮出版『ゲーテ全集第14巻』、10-11頁

*　　　　　*
*

■ 未完に終わったゲーテの全体構想の概要 37～38

07-37 ：未完に終わったゲーテの目標

残存する素描的な『モルフォロギー試論』からは、ゲーテが彼の原植物、原動物を生物の基本形態と仮定し、そこから特殊としての形態を段階的に示そうとする計画を持っていたことがうかがえる[72]。彼はまず動物や植物を熟考したときに浮かび上がってくる生命体を記述しようとした。次に「一点から出発して」、生体の原存在が一方には多様な植物界を、もう一方には多様な動物形態を、つまりミミズ類や昆虫、高等動物から人間形態といった特殊を普遍的な原像から導き出す可能性を示そうとした。人相学や頭骨学も考察されるはずであった。外的な形態を内的な精神的能力との関係で示すことをゲーテは自らの課題としていた。ゲーテは生命的形成衝動をその前進性においてたどろうと躍起になっていた。この生命的形成衝動は下等生物では単純な外見を提供し、さらには段階的により完成した形態を実現し、ついには精神的な創造者にふさわしい形態を人間に与えるものであった。

07-38 ：学問体系の再編成も考えていた

ゲーテのこの計画は、『植物生理学の予備的研究』などと同様に未完で終わっている[73]。生体の形態や諸過程を説明するためにより高次な観照方法が適用できるように、博物学、自然学、解剖学、化学、動物解剖学、生理学といった自然認識の個々のすべての分野が相互にどのように関係し合う必要があるかを示そうとした。彼は新しい学問、生物の普遍的なモルフォロギーを確立したかった。

モルフォロギーといっても既知の物体を対象にするもので

---

72 著者注：WA. 2.Abt. Bd.6, S.321

73 著者注：『植物生理学の予備的研究』潮出版『ゲーテ全集第14巻』、111-127頁

はなく、方法や見解を対象とするもので、学問自体が独自の
形態を持つはずであり、また諸学問を相応に位置づけるはず
である[74]。

解剖学、博物学、自然学、化学、動物解剖学、生理学が個々の自然
法則として提供してくれるものは生体についての生きた考えに取
り込まれ、より高次の段階にもたらされるはずであるし、それは
ちょうど個々の自然の過程が生物自体の形成という円環に取り込
まれ、一段高次の作用にもたらされるのと同じである。

＊　　　　　　　　　　＊

＊

■ **先駆者ヴォルフは理念が見えていなかった 39**

07-39 ：ヴォルフの先駆研究との異同

ゲーテは彼独自の道筋で理念に到達したし、その理念は生命形態と
いう迷路を抜けるにあたって絶えず助けにもなっていた。自然の
重要な活動領域に関する当時の支配的な観方は、彼の世界観全般と
は相容れなかった。それゆえ、そうした領域については自身の本性
に適した考え方を自力で築き上げる必要があった。しかし彼はす
べてを明るみに出すならば新説などはないと確信していたし、

　　　それどころか、自分の発見だと思っても、伝承の中にその暗
　　　示が見つかるものだとも確信していた[75]。

---

74 『植物生理学の予備的研究』潮出版『ゲーテ全集第14巻』、114頁

75 『印刷物の運命』『ゲーテ自然科学論集』Bd.1 S.102.「（シュレジア、フランス、
マインツ包囲への出兵の間）、小冊子に目を通す機会をまったく失ってしまった
ために、私の印刷本を、このテーマに興味を持っている教養ある人々にお渡
しし、より広がった読者層に、このテーマについてすでに書かれているか、あ
るいは言い伝えられているかに注意していただくようにお願いしている。とい
うのは、白日の元では何一つ新しいことはなく、自分自身で発見したり、考え
たり、さらには創り出したりしたと思うものですら、言い伝えの中にすでに暗
示があるのをよく見かけるのを、私はかなり前から確信しているからである。
私たちは、無知であるときにのみ独創的なのである」。 ── ゲーテのこうした確

こうした理由からゲーテは『植物メタモルフォーゼ論』を教養ある専門家の友人に送り、その内容についてすでに論文や伝承があるかを照会している。フリードリヒ・アウグスト・ヴォルフ（F. A. Wolf）が「該当する先駆者」として、カスパー・フリードリヒ・ヴォルフ（K. F. Wolff）を教えてくれたことをゲーテは喜んでいる[76]。そして 1759 年に発表された K. F. ヴォルフの『世代の理論』（*Theoria generationis*）を知った。生命における感覚的・超感覚的な形態を感覚的観照能力よりも高次な観照能力によって捉える能力がないがために、事実関係を正しく理解していても、生命的形成における十全な理念には到達しえなかった点がまさにこの先駆者において見て取れる。K. F. ヴォルフはすばらしい観察者である。彼は顕微鏡観察によって生命の起源を説明しようとした。彼は、萼、花弁、雄しべ、雌しべ、種子が変形した葉であることを認識した。しかし彼は、変形を生命力の漸次的減退によるとし、その生命力は成長が進むにつれて次第に弱まり、最後には完全に消えてしまうとした。したがって、萼、花弁などは彼にとっては葉の不完全形成だったのである。

★ K. F. ヴォルフは、前成説あるいは入れ子説の代表であるアルブレヒト・フォン・ハラーの論敵として登場した。ハラーによれば、成長完了時に現出しているすべての器官は芽の中に小さな状態で、しかも完成形と同じ形態かつ同じ順序でできあがっていなくてはならない。ある生物の発生とは、入れ子説によれば既存のものの出現にすぎない。K. F. ヴォルフは目で見たものだけを認めた。どんなに正確に観察しても、生物内に閉じ込められた状態の諸器官は見つからなかったので、彼は発生においては実際に新たな形成が

信については、『色彩論・歴史編の序論』『ゲーテ自然科学論集』Bd.4 S.5f.、及び R. シュタイナーのそれに対する注を参照のこと。

[76] *Entdeckung eines trefflichen Vorarbeiters* 『ゲーテ自然科学論集』Bd.1 S.102-108.

行われていると考えた。彼の見解では、生物形態はその芽の中に
はまだ存在していない。外的な現象に関してはゲーテも同じ意見
であった。彼もまたハラーの入れ子説を拒否した。ゲーテにとっ
ては、生体は芽内で事前に形成されているにしろ、それは外的な現
象としてではなく、理念としてであった。外的な現象としては、彼
も諸器官は新たに形成されているのを観察した。しかし彼は、肉
眼で見えなくなる地点で精神眼も盲目になってしまうとして K. F.
ヴォルフを非難している。外的現象としては現れないものが理念
としては存在しうる点に K. F. ヴォルフの考えは及ばなかった。

　それゆえ彼は、顕微鏡観察によって生命形成の始まりに迫
り、それによって生物を胚という最初期段階から完成状態
までたどろうと努力した。この方法が大変に適切で、それに
よって彼は多くを成し遂げたにしろ、精神眼と肉眼とが絶え
ず生き生きと協力する観方と、単なる見ることの相違を見抜
くには適切な人物ではなかった。その区別がつかないと見
ながらにして見過ごすという危険に陥るからである。—— 植
物の変容において同じ器官が徐々に収縮し小型化するのを
彼は見ている。しかし、この収縮がある拡張と交代している
ことには気づいていない。ヴォリュームの縮小は見ている
にしろ、同時に高貴化している点に気づいていないので、完
成への道筋を不適切にも歪小化としているのである[77]。

＊　　　　　　　　　　＊
＊

---

77 著者注：『K. F. ヴォルフについての小論』 *Aufsatz über K. Fr. Wolff*　『ゲー
　　テ自然科学論集』Bd.5 S.107

07-40 ：ゲーテ最晩年の学問的関心

生涯を閉じるまでゲーテは多くの自然科学者と個人的な交流や文
通を続けていた。生命学問の進歩を旺盛な好奇心と共に見守って
いた。彼に近い考え方がこの学問領域で糸口を見出す様子や、彼の
メタモルフォーゼ論が個々の研究者に認められ、実りが得られる
ことを喜んで見ていた。1817年（67歳）に彼は自分の研究を集め始
め、創刊した『モルフォロギーによせて』という雑誌に収録した。
しかしながら生体の形成に関する理念については、自身の観察にお
いても他者からの反響によっても前進は見られなかった。しかし
そうした理念とより深く取り組むきっかけが二回ほどあった。ど
ちらも、彼の考えを支持する学問的現象によるものだった。一つは
カール・フリードリヒ・フィリップ・フォン・マルティウスが1827
年と28年に、自然研究者総会でおこなった『植物の鉛直および螺
旋的傾向について』という講演と[78]、雑誌『イシス』に載せたその
抜粋である（78歳）。もう一つは1830年にフランスのアカデミーで
勃発したジェフロアとキュヴィエの自然科学論争である（81歳）。

07-41 ：植物成長での伸長傾向と螺旋傾向

マルティウスは植物では二つの成長傾向が支配的であると考えた。
一つは鉛直方向の伸びで、これは根と茎を支配している。もう一つ
は螺旋的傾向で、これによって葉や花などがそれぞれのフォルムに
即して垂直軸の周りに螺旋状に配置されていく。ゲーテはこの理
念を彼のメタモルフォーゼの考えと結び付けた。彼はこの二つの
傾向を示していると思われる植物の知見を集めたやや長めの論文

---

[78] *Über die Spiraltendenz in der Vegetation*, 『ゲーテ自然科学論集』Bd.1
S.225, 229 - R. シュタイナーは『植物の鉛直および螺旋的傾向について』へ
の注釈でマルティウスの業績に対するゲーテの関心を証明する発言も載せてい
る。『ゲーテとの対話』1828年10月6日、と1831年3月28日。さらにビアズレー
S. Boisserée 宛の1828年12月15日付けの手紙。

を書いている[79]。この二つの傾向を彼のメタモルフォーゼ理念に取り込む必要があると考えていた。

こう仮定する必要があるだろう。植物界には全般的に螺旋傾向があり、それが鉛直方向の成長と結びつくことで、あらゆる構造や個々の植物形成がメタモルフォーゼ法則にしたがって作り出されている[80]。

植物の個々の器官における螺旋管の存在を、ゲーテは植物の営み全体がこの螺旋的傾向に支配されていることの証明とみなした。

全体における自然の意図が最も個別な部分にまで作用しているこの事実ほど、自然に適うことはない[81]。

夏のある日、庭の地面に立てられた棒を前にすると、そこにはヒルガオ（*K*onvolvel）が下からとぐろを巻きながら上にのぼっているし、その棒にしっかりと結びつつ生き生きとした成長を続けている。ヒルガオと棒の両者が共に生きていて、一つの根から上に伸び、交互に発生し、とどまることなく成長し続けると考えてみよう。こうした光景を内的な観照に変化させられる人は、メタモルフォーゼ概念を大変容易に得られる。蔓性の植物は、自分自身の内にあるはずのものを持てずに自分の外に求めている[82]。

同じ比喩をゲーテは 1832年3月15日にカシュパル・マリア・シュテルンベルク公爵[83]宛の手紙に書いていて、さらにこう付け加えて

79　著者注：『ゲーテ自然科学論集』Bd.1

80　『植物の螺旋的傾向について』潮出版『ゲーテ全集第14巻』、131頁

81　『植物の螺旋的傾向について』潮出版『ゲーテ全集第14巻』、131頁

82　『植物の螺旋的傾向について』潮出版『ゲーテ全集第14巻』、134-135頁

83　人物注：シュテルンベルク、カシュパル・マリア　Sternberg, Kasper Maria Graf von (1761-1838) 神学者、博物学者。レーゲンスブルクの宮廷・宮室顧問官として司教に仕えた。晩年はプラハ近郊の故郷に住み、自然科学博物館を創設した。1822年にマリーエンバートでゲーテと知り合い、友好を結んだ。

いる。

　もちろんこの比喩は完全には当てはまりません。と言うの
は、蔓植物もはじめはそれ自体で上に伸びる茎の周りでほと
んど気がつかないような円を描くからです。しかし最終的
には（花において）円盤として集まるために、上に行けば行
くほどネジ状により速く回転しなくてはなりません。これ
はダンスに似ていて、若者が速く回転すればするほど、最愛
のパートナーと自然に胸と胸、心と心で押しつけられていく
のです。この擬人化をどうぞ御容赦ください[84]。

フェルディナント・コーンはこの箇所にこうコメントをしている。

　ゲーテがダーウィンを知っていたなら！　── 厳密な帰納的方
法でゲーテの理念に対する説得力ある明確な証明を発見し
ているこの人物をゲーテは喜んだに違いない。

ほとんどの植物器官で成長時にダーウィンの命名による回旋運動
（circummutation）というネジ状の傾向があることを示せるとい
う[85]。

07-42 ：キュヴィエと論争するジェフロアを支持

ゲーテは1830年の9月（81歳）にある論文の中で二人の自然研究
者、キュヴィエとジェフロアの論争について述べ[86]、1832年3月（82
歳）にはその続きを書いている。1830年の2月と3月、事実狂信者
であるキュヴィエがジェフロアへの反対意見とともにフランス・ア

---

84 以下の部分に完全に従って引用されている。Fredinand Cohn, *Goethe als
　Botaniker Leipzig 1885. S.128.1831年3月15日の手紙のことに関係している
　のでもなく、また、ゲーテが親称で呼びあっていなかった受取人のシュテルン
　ベルク公爵にも関係がない。F. コーンについては R. シュタイナーの評価を
　参照のこと。*Methodische Grundlagen der Anthroposophie. Gesammelte
　Aufsätze 1884 - 1901* GA.30. Dornach, 1961, S.551/552.

85 Charles Darwin, *The movements and habits of climbing plants* London
　1880, 『ゲーテの世界観』関連文献サイト参照

86 『動物哲学の原理』、潮出版『ゲーテ全集第14巻』、210-236頁

カデミーに現れた。そのジェフロアをゲーテは「理念にかなった高次の思考様式を身につけた人物」[87]としている。キュヴィエは個々の生物形態を区別する名人であった。ジェフロアはこうした生命形態内に相同性を求め、動物の諸器官が「一つの普遍的な計画に沿っているものの、その計画が場に応じて変形されることで違いが生じる」[88]ことを証明しようとしていた。彼は法則の類縁性を認識しようとし、個々のものは全体から徐々に発展してきたと確信していた。ゲーテはジェフロアが正しいと考えていたし、1830年8月2日にはそのことをエッカーマンにこう語っている[89]。

> 今やジェフロアが私たちの側に付くことが決まり、そこにフランスの彼の重要な門下や信奉者が続く。この結果は私にとって信じられないほどの価値があり、私が生涯を捧げた一つの考え、ほぼ私のものと言ってよい考えが最終的な勝利を獲得したことに私が歓喜するのも当然だろう。

ジェフロアの思考法はゲーテと同じで、感覚的に多様な経験の中に一なる理念を掴みとろうとしていた。キュヴィエでは観察の際に理念が立ち昇ってこなかったので、多様なもの、個別なものにとどまっていた。ジェフロアは感覚的なものと理念の関係を正しく感じ取っていた。しかしキュヴィエはそうではなかった。それゆえキュヴィエはジェフロアの包括的な原則を思い上がりとみなし、それどころか下位のものとした。このように特に自然研究者において《単なる》理念、頭で考え出されたものへの拒絶を見ることができる。彼らには理念に対する器官が欠けていて、それゆえその作

---

87 『動物哲学の原理』、潮出版『ゲーテ全集第14巻』、232頁

88 『動物哲学の原理』、潮出版『ゲーテ全集第14巻』、215頁

89 『ゲーテとの対話』の第3巻に収録されている会話で、元はSorets（ソレ）のフランス語の日記である。対話の第2部はエッカーマンのフィクションである。*Goethes Unterhaltungen mit Friedlich Soret* hrsg. von C. A. H. Burkhardt, Weimer 1905.

用範囲も知らない。

★ ゲーテはこうした器官を類まれなる完成度で持っていたために、彼の一般的な世界観から見解を深め生命の本質の深みに達している。精神眼と肉眼とをたえず生き生きと結びつけ相互作用させる能力のおかげで、ゲーテは生命の発達進化を貫く感覚的・超感覚的で一体なる本質存在を観ることができた。そしてこの本質存在を、ある器官が他の器官から形成される場においても認識したし、たとえ該当の器官同士の類縁関係や同一性が変形によって隠され、打ち消され、それらの同定において外的な基準では比較できないような場合においてすらもそれを認識した[90]。肉眼で見ることで感覚的なものと物質的なものについての認識が与えられる。精神的な眼で見ることで人間意識内の出来事の観照、つまり思考、感情、意志の世界の観察へと導かれる。精神眼と肉眼の生き生きとしたつながりによって生命体の認識が可能になるし、その生命体とは感覚的・超感覚的なエレメントとして、純粋に感覚的なものと純粋に精神的なものとの中間に位置している。

---

90 著者注：『ヨアヒム・ユンクについての論文』 *Leben und Verdienst des Doktor Joachim Jungius, Rektors zu Hamburg* 『ゲーテ自然科学論集』Bd.2 S.98-113. S.102/103.

色彩世界の考察

第08章
色彩世界の諸現象

■ **ゲーテの色彩研究…芸術、反ニュートン、プリズム実験 01～03**

08-01 ：ゲーテの色彩研究は芸術的関心から始まった

　　高度な芸術作品とは、　— 真実で自然な諸法則に沿って人間
　　によって創り出されている[1]。

上述の感覚によってゲーテは絶えずこの「芸術的創造における真
実で自然な諸法則」の探究へと触発された。ある芸術作品が効果を
発揮する理由は、その作品が自然な法則性を放射していることに
あると確信していた。彼はこうした法則を認識しようとした。最
高度の芸術作品が同時に最高度の自然作品であることの根拠を知
ろうとしたのである。ギリシア時代の人々が「人間の形姿から一
連の神々の彫像」にまで発展させた際に、自然法則とまさに同じ法
則に従っていたことが彼には明らかになっていった[2]。芸術作品に
おける形成を理解せんがために、自然の形成を理解しようとした。
イタリアにあって芸術的創造における自然的法則を次第に洞察で
きるようになっていく様子を、ゲーテは次のように述べている。

　　幸運にもある基準を確実なものにすることができた。その
　　基準を私は、数個の詩として表現し、長期に使い続けつつ内
　　的感情で守ってきた。その結果、自然や芸術の絶えざる観
　　照、多少なりとも見識のある識者との活発で効果的な対話、
　　芸術家との現実の、あるいは思考的なやり取り、それらに

---

1 『イタリア紀行』1787年9月6日

2 著者注：『イタリア紀行』1787年1月28日

よって芸術を分解せずに構成を整理し、そこで生き生きと絡み合う諸要素を、難しいことではあるにしろ見極められるようになった[3]。

★ しかし芸術作品で作用する要素の中で一つだけがその自然的法則を明かさなかった：彩色である。多くの絵画が「彼の時代までには発明され、構成され、諸部分が配置やフォルムの観点から十分に研究された」[4]。芸術家達は自らの構図の正当性を述べることができた。しかし彩色の話となると、すべてが言いたい放題のようであった。色彩と明暗、個々の色彩同士の関係を誰も知らなかった。黄色が温かく気持ちの良い印象を与え、青が冷たさの感じを起こさせ、また黄色と赤青の隣り合わせがなぜ調和的効果をもたらすか、といったことがゲーテには一切わからなかった。絵画における彩色の秘密を解明するには、まず自然界における色彩の法則を知る必要があると彼は見抜いた。

08-02：プリズムによる色彩現象とそのニュートン的解釈

色彩現象の物理的性質に関する学生時代の記憶も、参考のために紐解いた物理学概説書も彼の目的には役立たないことがわかった。

> すべての色彩が光に含まれていると世界中で考えられていたし、私もそう確信していた。他説を聞いたこともなかったし、それ以上関心を持たなかったこともあってそれを疑う根拠もなかった[5]。

しかし色彩に興味を持ち始めると、この見解は彼の目的に何の寄与もしないことがわかった。ゲーテから見て自然科学者の間で支配

3　著者注：『著者の告白』、『色彩論・歴史編』工作舎、505頁

4　『著者の告白』、『色彩論・歴史編』工作舎、505頁。文字どおりには、「多くの絵画が私と同時代に発明され、構成され、諸部分が位置やフォルムにしたがって綿密に研修されている。そして、これらすべてについて、芸術家たちも私もその正当性や、しばしば助言までも与えることができた」。

5　著者注：『著者の告白』、『色彩論・歴史編』工作舎、508頁

的であった見解、今日もなおその地位を保つ見解の創始者はニュートンであった。その見解では太陽光などの白色光は有色の光の集まりであるという。そして色彩は白色光から個々の構成要素が分離されることで生じる。

★　小さな丸い穴から暗室に光を取り込み、光の進む方向と垂直にスクリーンを置くと白色の太陽の像が得られる。開口部とスクリーンの間にプリズムを置き、そこに光を通すと円形の白色の太陽像が変化する。その像の位置は変位し、縦長になり、色がつく。この像を太陽スペクトルと呼んでいる。プリズムでの光の通過距離を上方を短く、下方を長くすると、色彩の像は下方に変位する。その像の上端は赤で下端は紫、赤の下側では黄色に、紫の上側では青に移行する。そして像の中央部は普通は白である。スクリーンがプリズムからある程度以上離れると中央部の白は完全に消える。像全体が色彩を帯び、それは上から順に赤、オレンジ、黄色、緑、ライトブルー、藍色、紫である[6]。この実験結果からニュートンや彼の信奉者達が出した結論は、色彩はすべてが混ざりあったかたちで白色光に含まれているというものであった。そしてそれらがプリズムによって分離される。透明な媒体を通過する際に、色彩には方向変化の量が異なる性質、つまり屈折量が異なるという性質がある。赤い光は最も弱く、紫が最も強く屈折する。屈折率の段階的な差によって色彩がスペクトルとして現れる。

★　黒地の上に置かれた細長い白い紙片をプリズムを通して観察すると、その紙片も屈折により上方に変位して見える（プリズムの先端部を上にした場合）。こうして紙片を見るとそれは上下に伸び明暗の境界部に色が生じる。上部には紫、下部には赤が生じる。ここ

6　訳注：「ニュートン」「プリズム」でYouTubeを検索すると該当の現象を動画で確認できる。プリズムを通して明暗を観た場合の現象は『ゲーテの世界観』参考ページを参照されたい。プリズムも昨今は容易に入手できるので、現象を実際に確認されると望ましい。

でも紫は下方に向かって青に、赤は上部に向かって黄色に移行する。また中央部は全体的に白である。紙片とプリズムとの距離がある一定以上になると全体が色を帯びる。中央部にはこの場合も緑が生じる。ここでも白い紙片は色彩部分に分割されたことになる。スクリーンとプリズム、あるいは白い紙片とプリズムの距離がある程度以上になったときにすべての色が現れ、そうでない場合は中央部が白である点をニュートン主義者達は簡単に説明している。

　　　中央部では上部からの強く屈折した部分と下部からの弱く

　　　屈折した部分とが重なりあい、混ざりあって白になる。

ところが境界部では、最も弱く屈折した光の部分に上部からのより強く屈折した部分が重なることはなく、また最も強く屈折した光の部分に下部からのより弱く屈折した部分が重なることもないので、ここにだけ色彩が生じる。

08-03 ：ゲーテが行ったプリズム実験

この見解はゲーテの目的にとっては不毛であった。それゆえ彼は現象を自ら観察しようとした。そこでイェーナ宮中顧問官のビュットナー[7]に手紙を書き、必要な実験のための装置を貸してもらうよう依頼した[8]。当面の仕事が忙しく、彼はビュットナーに催促されてプリズムを返そうとした。それでも返す前にプリズムを手に取り、それを覗いて完全に白い壁を見た。ゲーテは白壁が様々な段階で彩られて見えることを期待した。しかしそれは白のままだった。そして白壁が暗部と接する箇所だけに色彩が現れた。窓の桟が最も生き生きとした色彩を示した。この観察からゲーテは、色彩が白色光に含まれるというニュートンの見解が誤りであることを認

---

7 人物注：ビュットナー、クリスチャン・ヴィルヘルム　Büttner, Christian Wilhelm (1716-1801) 宮廷顧問官、自然科学及び言語科学のゲッチンゲン大学教授。

8 このエピソードとその後については『著者の告白』に述べられている。『色彩論・歴史編』工作舎、509頁

識したと信じた。境界や暗さが色彩の発生に関係しているはずで
ある。

★ 彼は実験を続けた。黒を背景とした白い面、白を背景とした黒い
面を観察した。彼は次第に彼自身の見解を作り上げていった。黒
を背景とした白い面をプリズムを通して見ると、その位置が変位す
る。白い面の上部は黒の背景との境界を越えて変位し、下部では黒
の背景が白い面の方に境界を越えて迫り出しているとゲーテは考
えた。プリズムを通して見ると、黒地の部分は変位してきた白い上
部を透かして見ることになり、ちょうど黒を白いヴェールを通して
見たようになる。また白い面の下部では、その白い面を暗いヴェー
ルを通して見ることになる。上部では暗部の上に明部が被さり、下
部では明部の上に暗部が被さっている。上端には青が生じ、下端に
は黄色が生じる。青は黒に向かって紫に移行し、黄色は下方の黒に
向かって赤に移行する。見ている面とプリズムとの距離が離れる
と、色彩を帯びた境界部の青が下に黄色が上に広がる。距離が十分
に離れると、下からの黄色と上からの青とが重なり、それらが混合
して緑が生じる。この見解を確認するために、ゲーテは黒い面と白
い背景を組み合わせてプリズムで観察した。この場合は、上部では
暗部が明部の上に重なりあい、下部では明部が暗部の上に重なりあ
う。上部には黄色、下部には青が生じる。プリズムを面から遠ざけ
て境界部を広げていくと、下部から中央に向かって青から移り変
わった紫、上部から中央に向かって黄色から移り変わった赤が重な
り合う。すると中央部にはマゼンタが現れる。白い面で正しいこ
とは黒い面でも成り立たなくてはならないとゲーテは独白した。

> 一方で光が多色に分解したなら、 ── もう一方で闇が多色に
> 分解したと見なされなくてはならない[9]。

★ ゲーテは、自身の観察やそこから展開される反ニュートン的考え

---

9 著者注：『著者の告白』『色彩論・歴史編』工作舎、511頁

を知人の物理学者に伝えた。するとこの物理学者はゲーテの考え
は根拠がないとした。彼は境界部の色彩、中央部の白、観察対象か
らプリズムが十分に離れた場合に現れる緑をニュートンの見解か
ら導き出した。ゲーテの説明を聞いた自然科学者は、皆似たような
反応を示した。

★ 彼はその道に詳しい専門家の助けを求めつつも観察を一人で続け
た。彼は鏡用のガラス板を組み立てさせ、水を利用した大きなプリ
ズムを作った。というのも断面が正三角形のガラスプリズムでは
色彩現象が広がりすぎて観察しづらいことも多かったので、頂角が
15度から20度の二等辺三角形の断面を持つ大きなプリズムを作ら
せた。プリズムを通して対象物を眼で見る実験をゲーテは主観的
と呼んだ。こうした実験は眼で見ることはできるにしろ外界に固
定されてはいない。彼は主観的な実験に客観的な実験も加えよう
とした。そのために水プリズムを用意した。光がプリズムを通り
抜けると、色彩像がスクリーンに映し出される。ゲーテは切り抜い
た紙の穴に太陽光を通した。こうして彼は、周囲を闇に囲まれつつ
光によって照らし出される空間を得た。この暗部との境を持つ光
の塊がプリズムを通り抜け、それによって方向が変わる。プリズム
を通過した光の塊をスクリーンに投影すると、上下の境界部が着
色した像が得られる。断面の上が広く下が狭くなるようにプリズ
ムを置くと、上端が青で下端が黄色に色づく。青は暗い方に向かっ
て紫に移行し、明るい方に向かってはライトブルーに移行する。ま
た黄色は暗い方に向かって赤に移行する。この現象でもゲーテは、
色彩の発生を境界から導き出している。上方では明るい光の塊が
暗い空間に入り込んでいく。これが闇を明るくし、それによって青
が生じる。下方では暗い空間が光の塊に入り込んでいく。これで
明るさが暗くされ、黄色が生じる。スクリーンをプリズムから遠ざ
けることによって境界での色の幅が広くなり、黄色と青が近づく。
プリズムとスクリーンの距離を十分に離し、青と黄色を重なり合わ

せると中央に緑が生じる。ゲーテは、乾燥した微細な髪粉で光の塊が闇を通り抜けていく線上に白い薄靄を作り、明が暗に、また暗が明に入り込んでいく様子をより見やすくした。

多少なりとも色のついた現象が白いアトムによって捉えられ、その広がりや長さの全体が見えるようになった[10]。

ゲーテは主観的な現象において得られた見解が客観的な現象で確認されたと考えた。色彩とは明と暗の共働によって生じる。プリズムの役割は、単に明と暗とをずらし、重ね合わせることにある[11]。

＊　　　　　　　　＊

＊

■ **ゲーテは現象を理念的関連で捉える 04〜06**

08-04 ：ゲーテは理念を現物的に考える点に反発した

こうした実験の後、ゲーテはニュートンの見解には賛同できなかった。ゲーテにとってその考え方はアルブレヒト・フォン・ハラーの入れ子説と同等であった。ハラーが、胚の段階ですべての器官が細部まで完成した状態でそこに含まれていると考えるのと同じように、ニュートン主義者は、光の中にすべての色彩が含まれ、それらが特定の条件下で光の傍らに生じるという。ゲーテはこのニュートン派の信仰に対し、入れ子説に対するのと同じ言葉を投げつけることができたはずである。

（この考え方は）感覚を逸脱した妄想、あるいは感覚的事実

---

10 著者注：『色彩論、教示編』326

11 訳注：一連の現象をさらに整理できる視点を述べておく。プリズムでは明暗の像が変位するにしろその変位の方向はプリズムの状態に左右される。そこで「変位の上流・下流」という観方を取り入れる現象を単純に捉えられる。この段落で述べられている例では、像の下方が上流で上方が下流にあたる。上述の現象を整理しなおすと、境界における変位の上流が暗で下流が明である場合には上流から下流に向かって赤から黄が移行しつつ生じ、上流が明で下流が暗である場合には上流から下流に向かってライトブルーから紫に移行していく。

の裏付けのない思い込みの仮定を基盤にしている[12]。

★ ゲーテにとっては色彩とは、光において展開する新生であって、単に光から現れ出てくる存在ではなかった。《理念に沿った思考方法》ゆえに、彼はニュートンの見解を拒否せざるをえなかった。ニュートンの見解は理念の本質を捉えていない。ニュートンの見解では現物として存在するもの、感覚知覚可能であるような存在様式だけを認めている。そして現物性を感覚によって証明できない部分に対してはそこに現物性を仮定する。色彩は光において発展的に現れるので、本来は色彩は理念として光内に含まれるはずである。ところが彼らは色彩は光の中に現物的・物質的に含まれていて、プリズムと暗い境界によって引き出されると思い込んでいる。ゲーテは理念が感覚世界に作用力を持つことを知っていたので、理念として存在するものを現物的領域には求めなかった。

★ 無機的自然においても生命的自然においても理念は作用している。しかし、無機的自然における理念は（生命的自然における理念とは異なり）感覚的・超感覚的なかたちでは作用しない。無機的自然における理念の外的な現れは完全に物質的・感覚的である。無機的自然における理念は感覚的なものの中に入り込んではいかず、理念が感覚的なものを理念化することはない。無機的自然においては事物が法則的に進行し、その法則性が観察者には理念として現れる。空間のある場所で白色光とその傍らに生じる他の色を知覚するとき、この両者の知覚の間には理念と考えられてしかるべき法則的な関係が成り立つ。しかし理念をある知覚対象物から別

---

12 著者注：『K. F. ヴォルフについての小論』*Aufsatz über K. Fr. Wolff* 『ゲーテ自然科学論集』Bd.5 S.107 に若干の記述がある。「彼が矛先を向けた前成説あるいは入れ子説は、感覚知覚から外れた妄想、つまり考えだと思い込んではいるものの感覚界には存在しない仮説の上に成り立っているので、目で見え、しかも他者にいつでも提示できるもの以外は、仮定も、賛同も、主張もできないというのを彼の要求を彼の基本格率に定めた」。

な知覚対象物に移り変わる即物的なものと捉え、それによって理念を空間内に引きずり込むなら、それは浅はかな感覚的思考方法に由来する理念の物質化である。この浅はかな感覚性というのが、ゲーテがニュートン主義において受け入れられなかった点である。無機的な出来事を別の出来事へと導く理念とは、ある物から別の物へと変化する即物的なものではない。

08-05 ：現象が理念を直接に表現する根源現象

ゲーテの世界観では無機的自然における認識の源泉は二つしか認められない。

- 感覚知覚できる成り行き
- その感覚知覚可能なものの理念的な関連（これは思考において開示する）

感覚世界内での理念的な関連といっても、そこには単純なものから複雑なものまである。感覚で捉えうる諸知覚を時間的あるいは空間的に並べればただちに理解できるものから、こうした容易な関連と結びつけてはじめて理解しうる複雑なものまである。

★ 明るさを通して闇を見ると青が知覚される。この現象をゲーテは容易に理解しうる現象と考えた。闇を通して明るいものを見ると黄色が知覚される現象も同様である。スペクトルの縁に現れる現象にも観察によって直ちに明らかになる関連を認めることができる。赤から紫まで７段階の色を示すスペクトルは、縁での現象の条件に加えるべき条件がわかれば理解できる。縁での単純な現象はスペクトルにおいて複雑な現象と結びついていて、その複雑な現象を基本現象から導出できれば理解できる。基本現象では観察者にすぐに明らかになるものが、複雑な現象では錯綜した条件下で基本現象が変化したかたちで現れる。そこではもはや単純な事実関係が直接的に認識できる状況ではない。それゆえゲーテは、複雑な現象を単純で純粋なものに還元しようとした。この単純なものへの

還元が無機的自然の説明であることを知っていた。純粋な現象を超えてまでゲーテは探究しなかった。この単純で純粋な現象内では感覚知覚の理念的な関連、自身で自身を説明する関連が開示する。この単純で純粋な現象をゲーテは根源現象と呼んだ。根源現象を越えてさらに思惟を重ねることを彼は無駄と考えた。

> 磁石とは根源現象であり、この語はその対象が現象自体で説明されるものに対してのみ用いることが許される[13]。

錯綜した現象は、根源現象からのつながりを示せば説明される。

08-06 ：近代科学では無機的自然の現象をすべて応用力学で理解する

近代の自然科学のやり方はゲーテのそれとは異なる。近代自然科学は感覚界の出来事を小体の運動に還元し、空間内での眼に見える運動から得た法則と同じ法則でその小体の運動を説明しようとする。この眼に見える運動を説明することは力学の課題である。物体の運動を観察すると力学は次のように問う。

- どのような力によって動き始めたのか
- 特定の時間にどれくらい進むのか
- その運動の軌道はどのような形なのか、等々である

力学では力の様子、移動距離、軌道を数学的に記述しようとする。そして自然科学者はこのように言う。

> 赤い光は、空間を伝わっていく微小体の振動に還元できる。
> そしてこの微小体の運動は力学で得た諸法則をそこに適用することで理解される。

無機的自然の学問が目標とするところは、徐々に、しかしすべてを応用力学へと移行させていくことである。

---

13 著者注：『箴言と省察』『ゲーテ自然科学論集』Bd.5 S.415.

＊　　　　　　　　　　＊

＊

■ ゲーテから観た現代光学の問題点 07~12

08-07 ：現代物理学は色彩を力学的運動として捉える

　現代物理学では特定の色に対応する単位時間での振動数を問題にする[14]。赤や紫に対応する振動数からこの二色の物理的な関連を決定しようとする。この観方では質が消えている。観察しているのは事柄の空間的・時間的な部分である。ゲーテは問う。赤と紫との関係は、時間的・空間的に問うのではなく、純粋に色の質として観察するならどうなるだろうか。ゲーテ的観察方法では、質的なものは実際に外界に存在し、時間的・空間的なものとも不可分な総体をなしていることが前提である。それに対して現代物理学では、外界には量的なもの、光や色彩を持たない運動過程だけが存在し、質的なものはすべて量的なものの作用を受けて感覚的・精神的能力を持つ生体においてはじめて生じるという基本見解をとる。この仮説が正しいとするなら、質的なものの法則的関連は外界に求めることができず、感覚器官や神経器官、表象器官から導き出さなくてはならない。事柄の質的な要素は物理学の研究対象ではなく、生理学と心理学の対象になるだろう。現代自然科学はこの前提条件に沿って進められている。この見解によれば、眼や視神経、脳のつくりに応じて特定の運動過程を生体が赤に、別の運動を紫に置き換えるとされる。したがって色彩世界を司る運動過程の関連を見極めれば、外的色彩世界のすべてが説明されることになる。

08-08 ：ミュラーの特異的感覚エネルギーの法則

　この見解の証明のために次の観察がなされた。視神経では外的な刺激はすべて光として感じ取られる。光だけではなく、眼への衝

---

14 訳注：現代では振動数ではなく波長で説明されることが多い。しかし、光速 ＝ 波長 ＊ 振動数 なのでここでの論旨には影響はない。

突や圧迫、眼の高速な運動による網膜の引きつり、頭を経由した電
気、これらすべてが光知覚としての作用を及ぼす。他の感覚器官で
はこうした事柄が別な知覚として感じ取られる。衝突、圧迫、引き
つり、電気が皮膚を刺激するとそれは触覚として作用する。電気刺
激は耳では聴覚として、舌では味覚として感じ取られる。こうした
ことから、外からの作用によって生体で引き起こされる感覚の内容
と、その原因となる事柄は別であると結論する。生体が赤色を感じ
取る原因は、外的空間で赤色が赤色の原因となる運動過程と結びつ
いているからではなく、生体の眼、視神経、脳などが、色のない運
動過程を色に置き換えるからであるとされる。ここに述べた法則
は、生理学者のヨハネス・ペーター・ミュラーがはじめて提唱し、
特異的感覚エネルギーの法則と呼んだものである[15]。

08-09 ：ミュラーへの反論

ここで述べられた考察が証明しているのは、感覚と精神を備えた生
体が、感覚器官に作用した種々の印象をその器官の言葉に置き換え
ているという点だけである。しかし、それぞれの感覚知覚の内容ま
でが生体内に存在していることは示していない。網膜の引きつり
では不特定の特徴のない刺激が起こるだけで、その刺激の外空間に
おける内容を知る手がかりは一切含まれていない。実際の光刺激
によって引き起こされる感覚の場合には、その感覚に対応する空間
的・時間的なものと内容的に不可分な関係にある。

★　ある物体の運動とその物体の色は感覚内容という意味で同じであ
る。もし運動だけを抜き出してイメージするなら、それは物体にお

---

15 J. Müller, *Handbuch der Physiologie des Menschen* Bd.1, Koblenz 1834:
Von den Sinnesnerven (S.752. ff.) und Bd.2, Koblenz 1840: *Von Sinnen*,
S.254,「感覚知覚とは外的な物体の状態や質を意識に上らせる伝導ではない。
そうではなく、外的な原因によって誘発される神経繊維の状態や質が意識に伝
導してくるものであり、こうした質は感覚エネルギーであり、それぞれの感
覚神経ごとに違っている」。J. Müller, *Zur vergleichenden Physiologie des
Gesichtssinnes*, 1826. も参照のこと。

いて知覚される事柄の抽象化である。運動と同様に、すべての力学的、数学的な考えは知覚から取り出されている。知覚世界の内容からその一部を分離し、それだけを取り出して考察することで数学や力学は成り立っている。現実問題として、数学や力学で表現可能な部分だけを把握してもその物体や出来事の全容を汲み尽くすことはできない。数学的、力学的なものには、本来すべて色や温かさといった他の質が結びついている。物理学においては、色知覚が空間内の微小体の超高速振動であるという仮定を必要とするものの、この振動は空間内での観察可能な運動とのアナロジーで考えられている。つまり、最微小要素における物体世界までも運動すると考えるなら、その物体世界はその最微小要素まで色彩、温かさ等々の質を伴って考える必要がある。色彩、温かさ、音などを、表象能力を持つ生体を介してその生体内だけに存在する質、外的出来事の作用結果としての質と考える者は、そうした質と関連する数学的、力学的なものも、つまりすべての質を生体内に移し替えなくてはならない。しかしそうなると外界には何も残らなくなってしまう。私が見ている赤と、物理学者が赤と対応すると証明している光の振動とは、現実においては一体であり、それを分離できるのは抽象化する悟性的思考の働きだけである。もし私の眼が充分に高性能であれば《赤》という質に対応する空間内での振動を私は運動として見るだろう。しかし私においてはその運動と赤の印象が結びついているであろう。

08-10：自然認識の限界は色を振動で説明するところから始まる

現代の自然科学では、ある非現実的な抽象物、つまりあらゆる感覚的質を削ぎ落とした振動する素材を空間内に想定し、それを原因として脳神経系を備えた表象能力を持つ生命体において温かさ、音、色彩といった豊かな感覚世界が生じるとしている。ところがこの両者をつなぐ何かを捉えられずに不思議がっている。それゆえデュ・ボア＝レイモンは、人間には越えられない限界があるため

に、「甘味を味わい、バラを嗅ぎ、オルガンを聴き、赤を見る」といった事実と、外的物質世界に存在する無味、無臭、無音、無色な要素によって脳内で触発される最微小物体の特定な運動との関連は決して理解できないと仮定している。

ある数の炭素、水素、窒素、酸素、等々の原子が、過去、現在、未来において、どのような状態にあり、どのように動くかとはどうでもよいことではないはずであるのに、こうしたことはまさしく永久に把握できない[16]。

★ しかしここには認識の限界などまったく存在しない。空間内でいくつかの原子が特定の運動にあるときには、必然的にある特定の質（たとえば赤）が存在している。また逆に、赤が現れるところにはそうした運動が存在しなければならない。抽象化する思考だけが両者を分離できる。諸事象には運動も含め複数の内容が含まれているにもかかわらず、実際には運動を他の内容と分離して考える人は、ある内容から別種の内容への架け橋を見つけることはできない。

08-11 ：同じ質にとどまって学問化する

事象において運動であるものだけが運動から導出されうる。色彩や光といった質に属するものは、それと同じ領域内の同じ質にだけ帰着させることができる。力学において複雑な運動は直接的に理解できる単純な運動に還元される。色彩理論も力学と同様に、複雑な色彩現象を簡単に見通せる単純な色彩現象に還元しなくてはならない。単純な運動過程は根源現象であるし、根源現象であるという意味では明と暗との相互作用で黄色が生じるのと同じである。力学的な根源現象が無機的自然の説明に有効な範囲をゲーテは知っていた。物体の世界における非力学的なものを彼は非力学的な根源現象に還元した。

---

16 著者注：Emil Du Bois-Reymond『自然認識の限界』S.33

★ しかし人は、ゲーテが自然における力学的な考察を放棄し、感覚的で観照可能なものの観察とその整理にとどまったと批判した[17]。デュ・ボア＝レイモンは、『終わりなきゲーテ』でこう述べている。

　　ゲーテの理論化では、彼が言うところの根源現象から他の現象を説明する点だけに限られているし、これは原因結果の関係を明確にしない霧に包まれた像の連続である。力学的な因果関係という概念が、ゲーテにはまったく欠けていた[18]。

しかし、力学というのは錯綜した事象を根源現象から説明すること以外の何をしているのだろうか。ゲーテは色彩世界の領域で、力学者が運動過程の領域で行っていることとまったく同じことを行った。ゲーテは無機界のあらゆる現象が純粋に力学的であるという意見をとらなかったので、人は彼が力学的な因果関係の認識を欠くとした。しかしこう批判する人は、物体の世界における力学的因果関係の意味を自ら誤認していることを示しているだけである。

★ ゲーテは光・色彩世界の質の内にとどまった。そして、量的、力学的、数学的に表現されるものは他者に委ねた。

　　測定術の助力が望ましい問題もいくつか出てきたにせよ、（ゲーテは）色彩論を徹頭徹尾、数学から引き離しておくよう努めた。── しかし、この欠陥もまた思いがけず長所となるかもしれない。なぜなら、才能のある数学者なら色彩論の

---

17 ハルナック、『完結期におけるゲーテ』ライプツィッヒ 1887, S.12. 参照
　人物注：ハルナック、オットー　Harnack, Otto (1857-1914) 歴史学者、及び文学史者。ダルムシュタットで教える。ゲーテの編集者の一人としてワイマール版の視覚芸術の巻（第46〜49巻）に参加した。

18 ライプツィッヒ 1883, S.29。文字どおりには、「彼の（ゲーテの）理論化は、彼が呼ぶところの根源現象から、これすらももう大変もつれたものであるけれども、これから他の現象を、認識可能な原因的関係なしに導出することにある。これはいわば、魔法のランプで霧のようにもやもやした像がつぎつぎに続くのと同じである。ゲーテにまったく欠けているのは、力学的因果関係の概念である」。

173

どこに彼の助けが必要で、自然科学のこの分野を完成させる
にあたって、どこで彼が貢献できるかを自分で見つけること
ができるからである[19]。

光、闇、色彩といった視覚における質的な要素は、まずそれら自体
の関連として把握され、根源現象に還元されなくてはならない。そ
の上で、この質的関連と光や色彩世界における力学的、数学的、量
的なものとがどのように関係しているかをより高次の思考で考察
することができるのである。

08-12 ：色彩論における数学の可能性

ゲーテは、数学者や力学者が彼らの領域で行うのと同じくらい厳密
に、色彩世界の関連を質的なものの範囲内で最も単純な要素に還元
しようとした。

> 隣接するもの同士を並べる、というよりはむしろ隣接するも
> のを最も近いものにつなげるという慎重さを私たちは数学
> 者から学ばなければならず、計算不要と思われる箇所でも、
> 常にあたかも非常に厳格な幾何学者に解答の道筋を示す義
> 務があるかのように仕事と取り組まなくてはならない。――
> 慎重さと純粋さを旨とする数学的方法では本来いかなる論
> 理の飛躍も直ちに明らかになる。またその証明とは本質的
> に回りくどい手順であり、結び付けられるべき要素が、最も
> 簡単な部分においても、また全体の流れとしても事前準備さ
> れ、さらにその証明の全貌が見通されていて、あらゆる条件
> 下でも正しく淀みなく考えられている[20]。

＊　　　　　　　　　＊

＊

---

19 著者注：『色彩論、教示編』727 番、潮出版『ゲーテ全集第14巻』、436頁

20 『主観と客観の仲介者としての実験』、潮出版『ゲーテ全集第14巻』、26頁

08-13 ：ゲーテは体験可能な現象領域にとどまる

　ゲーテは諸現象の説明原則を観察領域から直接に引き出す。体験可能な世界の範囲内における諸現象の関連を示す。自然把握に当たって、彼は観察領域を越え出る考え方を拒否する。自然を説明するために、その本質として観察不可能であるような諸要素を持ち出すことで経験可能領域から逸脱する説明すべてがゲーテ的世界観と矛盾する。

★　それ自身は観察できず、その作用を光として知覚するとされる光物質の想定はそうした説明方法の一つである。現代自然科学において支配的な考え方もゲーテ的世界観と矛盾する。そこでは光世界の運動過程を、視覚で捉えられる知覚可能な質からではなく、知覚不能な素材である微小体から説明している。特定の色が空間内の特定の運動過程と結びついているという考え方そのものは、ゲーテの世界観と矛盾しない。しかし、この運動過程が体験不能な現実領域に属するという主張、つまりその作用は観察されるものの、その実体存在は観察不能な素材世界に属するという主張はゲーテの世界観と矛盾する。ゲーテ的世界観の信奉者から見れば、空間内での光振動とても他の知覚内容が持たない別な現実を伴っているわけではない。光振動は直接に観察されることはないにしろ、その理由は、それが経験可能領域の彼岸にあるからではなく、人間の感覚器官がそうした微小な運動を直接に知覚できるように作られていないからである。毎秒四千億往復をする物体の振動の逐一を観察できるように眼が作られていたら、その事柄は通常の感覚で捉えられる世界と同じように表現できる。つまり、振動物体は他の知覚物体と同様な性質を示すだろう。

08-14 ：説明原理となる体験不能世界は体験可能な世界からの質を借用

　経験可能な事柄を観察不能領域から推論する論法では、この観察不能領域に内容を持たせるために何らかの性質を感覚可能世界から

借用する必要がある。このようにして物理学者は微小な物体要素に硬さや相互不可侵性を想定し、さらには同質な物同士の間の引力・斥力を付け加える。しかしその反面、この物体要素に色彩や温かさなどの性質は認めない。彼は、自然界の体験可能な事柄を体験不能な事柄に還元することで説明できると考えている。デュ・ボア＝レイモンによれば、自然認識とは物体世界の事柄を引力や斥力が働く原子運動に還元することにある[21]。そこでは空間を埋める素材である物質が運動するものと仮定されている。この素材は永遠の過去から、永遠の未来にまで存在するという。しかし、その物質とは観察領域には属しておらず、観察領域の彼岸に存在するという。それゆえ、人間は物質の本質そのものは認識できず、物質世界の事柄は永久に不可知に帰着するとデュ・ボア＝レイモンは仮定した。

　　　物体が存在する空間のこの場が幻であることを、現在ほどよくわかっている時代はない[22]。

★　しかし正確に考えるとこの意味での物質概念は無に帰する。この概念に実際に付与されている内容は経験世界からの借り物である。経験世界において人は運動を知覚する。手に物をぶら下げると手が下に引かれるのを感じるし、水平な手のひらに物を乗せれば押されるのを感じる。この知覚を説明するために人は力という概念をつくる。地球がおもりを引きつけると考える。力そのものは知覚されることはない。力は理念的である。しかし、それでも力は観察領域に属している。精神が力（概念）を観察する。つまり、精神が諸知覚同士の理念的な関係を（精神的に）観照している。斥力という概念に達するのは、ゴム片を押し、それが元に戻るときである。形態と大きさが復元される。これを押しつぶされたゴム片の諸部

21　著者注：Emil Du Bois-Reymond『自然認識の限界』S.10

22　『自然認識の限界』S.22、デュ・ボア＝レイモンの言葉どおりには「パウル・エルマンが語ったように、物質のある《ここ》が、《空間の中に吐き出された》のだ、ということが今日ほどよくわかっていることはない」。

分が排斥し合い、以前の空間部分を再び占めると考える。このように観察から汲み取られた考えをデュ・ボア＝レイモンに代表される思考方法では経験不能な現実領域に移植している。ところがこの思考方法が実際に行っていることと言えば、ある経験可能なことを別の経験可能なことから導き出すこと以外の何物でもない。ただ、原因となる経験可能なことを勝手に経験不能領域に移し替えている。自然観の中でも経験不能なものを持ち出すあらゆる考え方は、経験可能領域の断片を借用し観察不能な領域に投影していることを証明できる。経験不可能な考え方から経験からの断片を取り除いてしまうと、無内容な概念、非概念が残るだけである。

★ 経験可能なものの説明は、それを他の経験可能なことに還元することによってのみ可能である。すると最終的には、他のいかなる経験にも還元できない経験内の要素に達する。これは何の説明も必要としないので、それ以上の説明もできない。それらはそれ自体に説明を内包している。観察に現れるものの中にその直接的本性が示されている。そのような要素の一つがゲーテにとっては光であった。現象において囚われなく光を知覚する者なら光を認識するとゲーテは考えた。色彩は光において生じるし、色彩が光においてどのように生成するかを示せば色彩の生成は把握される。光は知覚に直接に与えられている。光と色彩とに見られる関係を観察すれば、光が理念的に内包するものを認識する。光の本質を問うこと、《光》現象に対応する経験不可能なものを問うことは、ゲーテ的世界観の立場からすればありえない。

> なぜなら、事物の本質を言い表そうとしても、それは本来無駄だからである。私たちは諸作用を知覚するし、もしこうした諸作用をすべて記述すればその事物の本質を包括するだろう[23]。

---

23 『色彩論、教示編』まえがき、潮出版『ゲーテ全集第14巻』、306頁

つまり経験可能な諸作用すべてを表現すればあらゆる現象を包括
するし、その諸現象は経験可能なものの中に理念を宿している。

　　ある人間の性格を記述しようとしても無駄な努力である。
　　それに対し彼の所作や行動を集めれば、彼の性格のイメー
　　ジが浮かび上がる。── 色彩とは光の行為、光の行為と受苦
　　である。この意味で、色彩から光の解明も期待できるのであ
　　る[24]。

＊　　　　　　　＊
＊

■ ゲーテにとって闇は無ではなく光の対極 15〜16

08-15 ：ゲーテは光と闇を対極と考える

　　（観察において光は）私たちが知るもののうちで、最も単純
　　で、最も不可分で、最も均一な存在として現れます[25]。

その対極が闇である。ゲーテにとって闇とは、完全無力な光の欠
如ではない。闇には作用がある。闇は光の対極で、光と相互に作
用している。現代の自然科学は闇を完全なる無として捉えている。
この見解からすると、暗闇の空間を進む光は、闇からの抵抗を克
服する必要はない。ゲーテは、光と闇とが磁石のS極とN極の関係
と同じような相互関係にあると考えた。闇は光の作用を弱めうる。
また逆に、光は闇のエネルギーを制限しうる。この両方の場合で色
彩が生じる。

★　闇を完全に無力と考える物理学的な観方では、そうした相互作用
　　は問題になりえない。それゆえこの観方では色彩を光だけから導
　　出せざるをえない。観察においては、闇も光と同等に現象として現

---

24 著者注：『色彩論、教示編』まえがき、潮出版『ゲーテ全集第14巻』、306頁

25 著者注：ヤコービとの往復書簡S.167、*Resultate meiner Erfahrungen Geothes Gesammt-Ausgabe*, 2.Abt. Bd.22, S.144. Cotta Stuttgart に転載。

178

れる。暗さとは、明るさと同じ意味で知覚内容なのである。一方は
もう一方の対極なだけである。夜をのぞき込むと、その眼は闇のリ
アルな知覚を伝える。もし闇が絶対的な無だとするならば、暗闇を
覗き込んでも何の知覚も成立しないはずである。

08-16 ：色彩の根源現象

黄色とは闇によって弱められた光であり、青は光によって弱められ
た闇である。

＊　　　　　　　　　　＊
＊

■ 光・闇と眼の相互作用 17〜20

08-17 ：眼と色彩の相互関係の認識

眼とは、像を作る能力を持つ生物に光や色彩世界の現象やそれらの
諸関係を伝達できる構造を持っている。眼は単なる受容器官では
なく、諸現象との生き生きとした相互作用を行っている。ゲーテは
この相互作用の様子を認識しようと努めた。彼は、眼を根本的に生
きたものと捉え、眼の生きた活動の様子を見通そうとした。個々の
現象に対して眼はどのように振る舞うのだろうか。また、諸現象間
の関係に対してどのように振る舞うのだろうか。これが彼の追求
した問いである。光と闇、黄色と青とは対極である。眼はこうした
対極をどのように知覚するだろうか。個々の知覚間に成り立つ相
互関係を感じ取ってもいることは、眼の本性に根付いているはずで
ある。というのは、

> 眼の存在は光に負っている。未分化の動物の補助器官から、
> 光は光と同じようになるべき一つの器官を呼び起こした。
> こうして眼は光において光のために形成され、それによって
> 内なる光が外なる光に向き合うのである[26]。

---

26 著者注：『色彩論、教示編』序論、潮出版『ゲーテ全集第14巻』、313頁

08-18 ：明と暗は眼においても対極

　光と闇とが外界において対極として振る舞うように、その両方の
現象が眼に引き起こす状態も対極関係にある。眼を開けたまま闇
空間に向けると、ある種の欠如を感じ取るだろう。それと反対に、
強く照らされた白い面を一定時間見つめると程よく照らされた物
体を見分けられなくなるだろう。暗を見ていると感受性が高まり、
明を見ていると弱まる。

08-19 ：眼における明暗の残像

　眼に印象が作用すると、その印象は眼にしばらくの間とどまる。明
るい背景にある黒い十字の窓枠を見てから眼を閉じると、しばら
くの間その現象を保つことができる。その印象が残っているうち
に明灰色の面を見ると、十字は明るく、窓ガラスの部分は暗く現れ
る。現象の逆転が起こる。こうした現象から、眼は印象を受けると
その反対のものを自分で作り出す状態になると推論できる。外界
において光と闇がある関係を持つのと同じように、眼においても対
応する光と闇の関係が存在する。

★　眼の中の暗い十字の像があった部分は休んでいて、新たな印象に
　対する感受性が高まっているとゲーテは考えた。それゆえそれ以
　前に窓からの強い光を感じ取った眼の部分よりもその部分の方が
　灰色面の作用を生き生きと受け取る。眼の中で明るさは暗さを作
　り出し、暗さは明るさを作り出す。明灰色を背景に暗い面を置き、
　その面が取り去られても目線を動かさずにいると、暗い面を見てい
　た視野部分は背景部分よりも明るく見える。

★　同じ灰色の面でも、背景が暗い場合には明るめに、背景が明るい
　場合には暗めに見える。暗い背景は眼を灰色面をより明るく見え
　る状態にし、明るい背景は暗く見えるようにする。こうした現象か
　らゲーテは眼の持つ刺激に対する強い反応性を知ったし、「生きた
　ものは何らかの特定の状態に置かれると必然的に静かな抵抗を表
　出すること」を知った。

呼吸では呼気と吸気が、 — 互いに他を前提にしている。こ
れが生命の永遠の公式で、それがここにも現れている。眼に
暗が与えられると、明を求める。

眼に明が向けられると、暗が促される。

それによって眼はその生きた活性を示し、

また、対象物にぶつける何かを眼自体が生み出し、

それによって対象物を捉えるという眼の権利を示してい
る。[27]。

08-20 ：残像における色彩現象

光と闇に似たやり方で色彩知覚も眼の対抗的効果を喚起する。黄
色い紙片をほどよく照明された白いボードの前にかざし、視線を
動かさずにその黄色い面を見る。しばらくしてその黄色い紙片を
取り去る。するとその紙片が占めていた場所に紫を見るだろう。
黄色の印象によって眼は自ら紫を作り出す状態にされた。それ
とまったく同じに青はオレンジを、赤は緑を対立効果としてもた
らす。つまりいかなる色彩知覚も眼の中で他の色に対して生きた
関係を持っている。知覚によって眼が置かれる諸状態には互いに
関連があるし、その関連は知覚内容が見せる外界での関連と似て
いる。

*　　　　　　　　*

*

■ 濁りと色彩、色彩の心理的芸術的作用 21〜24

08-21 ：透明と濁りにおける現象

光と闇、明と暗が眼に作用すると、この生き生きとした器官は自ら
の要求とともにそれらと向かい合う。また、光・闇などが外的空間
の物体に作用する場合も両者は相互作用を見せる。空虚な空間は

---

27 著者注：『色彩論、教示編』38 番、潮出版『ゲーテ全集第14巻』、324頁

透明という性質を持つ。これは光にも闇にもまったく作用しない。光も闇もその固有の活性を持ったままそれを通り抜けて作用する。しかし空間が物体に満たされていると状況は違ってくる。空間が何かに満たされているにしろ、そこを光や闇が通り抜けても変化しないならその空間が何かに満たされていることに眼が気づかないこともありうる。それを透明な物体という。光や闇が物体を通り抜けることで必然的に弱められる場合、その物体を濁りとする。空間が濁りで満たされると、光と闇、明と暗の相互関係を観察する可能性が与えられる。濁りを通して明を見ると黄色が生じ、暗を見ると青が生じる。濁りとは光によって明るくされうる物質である。その後ろにある明るく生き生きとした光に対し濁りは暗であり、通り抜けてくる闇に対しては明である。つまり濁りを光や闇の前に置くと、濁り内にある明や暗が実際に作用するのである。

08-22 ：濁りによる色彩現象

光が通り抜けるべき濁りがより濃くなると、黄色は黄赤、そしてルビーの赤に移行していく。闇が通り抜ける濁りをより弱くしていくと、青はインディゴに移行し、さらには紫になる。黄色と青は原色である。濁りと明あるいは暗との相互作用でこれらが生じる。明ではより強い濁りによって、暗ではより弱い濁りによってともに赤味がかった色調を取りうる。したがって赤は原色ではない。赤は黄色や青の傍らの色調として現れる。赤にまで高進しうる赤のニュアンスを帯びた黄色は光に近く、かげりを伴う青は闇と類縁である。青と黄色を混ぜると緑が生じるし、紫にまで高まった青と赤にまで暗くされた黄色とが混ざるとマゼンタが生じる。

08-23 ：自然界で現れる濁りによる色彩現象

こうした基本現象をゲーテは自然界で辿った。濁った靄のヴェールを通して見た太陽は黄色に見える。暗い宇宙空間を日に照らされた大気を通してみると、空の青が現れる。

　山々も同じように青く見える。というのは遠く離れた山々

を見ると、その地点の色は見えず、その表面からの光はもはや眼に作用せず、山々は純粋に暗黒の対象物となり、それと眼の間にある靄(もや)を通すことで青く見えるのである[28]。

08-24：ゲーテの色彩論は絵画芸術につながる

絵画芸術に深く入り込んでいくことで、ゲーテはますます視覚現象を支配する法則を探求したくなっていった。一枚一枚の絵が彼にとっては謎であった[29]。

- ── 色彩に対して明・暗はどのように振る舞うのか。
- ── 個々の色は互いにどのような関係にあるのか。
- ── どうして黄色は活発な雰囲気へと、青は誠実な雰囲気へと作用するのだろうか。

この秘密を解き明かしてくれる視点はニュートンの見解からは一切得られなかった。ニュートンの見解ではすべての色を光から導出し、それらを段階的に並べているだけで、暗との関係や色彩相互の生き生きとした関係については何も語っていない。ゲーテは、芸術との出会いの中から立ち上った謎を独自の道で獲得した見解によって解くことができた。

★ 黄色は活発で元気のある、生き生きとした刺激的な性質を持たなければならない。なぜならそれが光に一番近い色彩だからである。こうした性質は、黄色の穏やかな中庸さから現れる。青は、その中で作用する暗を暗示している。それゆえ「影を思い起こさせる」[30]冷たさの感情を持っている。赤みがかった黄色は、黄色が暗さの方に高進していくことで生じる。この高進によってそのエネ

---

28 著者注：『色彩論、教示編』156 番、潮出版『ゲーテ全集第14巻』、343頁

29 『色彩論、教示編』第6部、《色彩の感覚的精神的作用》、潮出版『ゲーテ全集第14巻』、443頁からを参照

30 『色彩論、教示編』第6部、《色彩の感覚的精神的作用》782 番、潮出版『ゲーテ全集第14巻』、446頁

ルギーが増していく。活発で元気のあるものが包み込むような魅力に移行していく。高進がさらに進み、赤黄色が黄赤に変わると包み込むような魅力が力強い印象に変わっていく。紫とは明るさを渇望する青である。それによって青の静けさと冷たさは不安定さへと変わる。赤紫ではこの不安定がさらに強調される。マゼンタ（純粋な赤）は赤紫と黄赤の中間にある。荒々しい黄色は落ちつき、受け身的平安である青に命が与えられる。マゼンタは理想的な満足、対極の調和の印象を与える。緑においても満足の感情が生じるし、それは黄色と青の混合である。しかしここでは黄色の活発さが高進されることはなく、青の平安が赤い色調によって妨げられることもないので、ここでの平安はマゼンタによってもたらされるものより純粋になるだろう。

＊　　　　　　　　　　＊
＊

■ 眼の性質から導出される二色間の作用 25

08-25 ：眼との関係における色彩間の作用

　眼はある色を見せられるとただちに別の色を求める。黄色を見ると眼の中に紫への憧れが生じる。青を見るとオレンジ色を求め、赤を見ると緑を欲する。眼で見た色とその色によって眼が自然に触発される色を並べると充足感が生じるのも理解できる。眼の本性から色彩の調和法則が生じているのである。眼において互いに求め合う二色は調和的に作用する。お互いに求め合うのではない二色を隣り合わせに置くと、眼は反作用へと活性化する。黄色とマゼンタを並べると幾分片寄りはあるにしろ、快活できらびやかである。自然なかたちで活動できるように眼が黄色の隣に求めるのは紫である。紫の代わりにマゼンタと組み合わせると、対象の要求が眼の要求に勝る。この組み合わせは眼の要求とマッチしていない。この種の組み合わせは、物の意味するところを示すのに役に立つ。

この組み合わせは必ずしも充足的ではないにしろ、性格づけをする。完全に対極にあるのでもなく、互いに移行し合うのでもない二色はそうした性格を持っている。互いに移行し合う隣同士の配色の物体では性格がぼやけているように見える。

　　　　　＊　　　　　　　　　　　＊
　　　　　　　　　　＊

■ **ゲーテは自らの世界観と調和する色彩論を築き上げた 26～27**

08-26 ：色彩論において成し遂げたこと

光および色彩現象の生成と本質は、ゲーテにとってみれば自然の中で開示していた。彼はそれを、より高い段階、つまり精神的領域に昇らせたかたちで画家の創作の中に再認識した。彼自身で視覚を観察したことによって、ゲーテは自然と芸術の関係についてより深い洞察を得た。彼が『色彩論』を完成させ、こうした観察を1810年5月11日にフォン・シュタイン夫人宛に書いたとき（60歳）おそらく上述のことを考えていただろう。

> このことにかくも多大な時間を費やしたことを私は悔いてなどおりません。これによって私は、他の側ではほとんど成し遂げることができなかったであろう一つの文化に到達いたしました。

08-27 ：ゲーテ色彩論の否定的証拠となる事実は存在しない

ゲーテの色彩論は、ニュートンの色彩論やニュートン的考えを基礎にした物理学者の色彩論とは、その出発点となる世界観の違いゆえに異なるものになっている。本書では、ゲーテの自然全般に対する考え方と彼の色彩論の関係を述べてきた。その点に着目しないと、ゲーテには真の物理学的考察方法に対する感覚が欠如していたために彼流の色彩論を打ち立てたと信じることになるだろう。またこの関連を見通すなら、ゲーテ的世界観の立場からは他の色彩論は一切成立しえなかったことも納得するだろう。彼の死後に色彩

論領域でなされた発見を彼が知り、今日の程度まで洗練された実験方法を彼がしっかりと身に付けたとしても、色彩現象の本質についての思考方法は彼自身が実際に行なったもの以外ではありえないだろう。ゲーテがフラウンホーファー線の発見を知り、この発見を彼の自然観に完全には取り込めなかったにしろ[31]、この発見を含めたいかなる光学領域の発見も彼の見解への反論にはならない。いずれにしてもここで問題になるのは、こうした諸現象をゲーテ的見解においてそこに取り込み、この見解を拡張することである。さらにつけ加えれば、ニュートン的見解をとる人にはゲーテの色彩洞察は一切わからないはずである。しかしその原因は、そうした物理学者がゲーテの見解と矛盾する現象を知っているからではなく、彼らに染み付いた自然観が妨げとなって、ゲーテ的自然洞察が目指すところを認識できなくなっているからである。

---

31 『箴言と省察』『ゲーテ自然科学論集』Bd.5 S.419.

大地の発展史と
大気現象についての考え

第09章
大地の発展史についての考え

■ **ゲーテは地質的諸現象も理念的なものの作用として捉えようとした** 01〜06

09-01 ：大地の形成を無機的形成と有機的形成の中間と考えた

イルメナウ鉱山とのかかわりがきっかけとなって、ゲーテは鉱物、岩石、石の種類、地表に現れた地層の観察をするようになった。1776年7月（26歳）に彼はイルメナウまでカール・アウグスト公のお供をしている。彼らは、この古い鉱山で再び採掘できるかどうかを調べたかった。ゲーテはこの鉱山施設をそれ以降、彼の管理下に置いた。それに伴って、自然が石や山々を形成する際の様子を認識したいという欲求が育っていった。高い頂に登り、地中深くにもぐり込み、「偉大なる造形の手による最新の形跡を発見」しようとした[1]。創造する自然にこの面からも近づくことの喜びを1780年9月8日（31歳）にフォン・シュタイン夫人宛に書いている。

> 私は今、身も心も石や山と共に生きていますし、目前に開けた展望にたいへん満足しております。この2日間で私は一つの大きな山場を克服し、多くの結論を得ることができました。世界は私に新たなものすごい様相を見せています。

★ 地下迷路を通り抜ける糸を紡ぎ、混乱に眺望が得られるのではないかという希望が彼の中で次第に膨らんでいった（34歳）[2]。彼は次

---

1 1780年9月7日のフォン・シュタイン夫人宛ての手紙を参照。WA. 4.Abt. Bd.4, S.283. 「私たちは高い頂に登り、地の深みに這いもぐった。そして、偉大なる形成の手による最も新しい跡を心から発見したかった」。

2 著者注：フォン・シュタイン夫人宛の1784年6月12日の手紙、「今日私たちは鉱物学の散歩をし、山男のように豪気に楽しみました。そして、私が紡ぎました

第に地表のより広い領域を観察した。そしてハルツ旅行の際に、巨大な無機的な塊が形成される様子を認識したと思った。彼は巨大な塊に次のような傾向があるとしている。

規則正しい方向で多様に割れ、その結果平行六面体が生じ、それにはさらに対角に分かれていく傾向がある[3]。

石の塊は理念的な格子構造、つまり六面構造でできていると考えた。それによって立方体、平行六面体、ひし形、ひし形多面体、柱状・面状の形が基本塊から切り出される。彼はこの基本塊中に諸力作用を考え、それによって理念的な格子構造が現れ出るように分割されると考えた。有機的自然におけるのと同様に、ゲーテは岩石の領域でも作用する理念を求めた。ここでも彼は精神的な眼とともに研究している。分割において規則正しい形態が現れない場合には、その形態が塊の中に理念的に存在していると仮定した。1784年のハルツ旅行で、彼のお供の顧問官ゲオルグ・メルキオール・クラウスにチョークで図を描かせている。理念的で不可視なものをよりわかり易く見えるようにするためにである。ゲーテの見解では、現実に存在するものを真に描けるのは、外的現象としてはほとんど不明瞭にしか現れない自然の（理念的な）意図に描き手が注意を向ける場合だけである。

―― 柔らかいものから固いものへと移行するときには分離が起こり、この分離は全体で起きることもあるし、塊の最中心部になることもある[4]。

ゲーテの見解では、有機的な形態においては感覚的・超感覚的原像が生き生きとその場にある。つまり、理念が感覚知覚に入り込み、

単純な糸で、この地下の迷宮をすばらしく導き通し、それ自体でもつれているものに展望を与えました」。

3 著者注：『巨大な無機的な塊の形態形成について』『ゲーテ自然科学論集』Bd.2

4 著者注：『全体として、そして個別としての山の形成』『ゲーテ自然科学論集』Bd.2

それを貫いている。無機的な塊における規則的な形成では、理念はそれ自体としては感覚的な形態には入り込まないものの、感覚的な形態を創造している。無機的な形態は現象においては感覚的・超感覚的ではなく、単に感覚的である。しかし、その形態は超感覚的な力の作用と捉えられるはずである。無機的な形態とは、無機的・過程と有機的なものの中間に位置する産物である。無機的過程では、その推移は理念に支配されているものの、そのできあがったものからは理念は離れている。それに対し有機的なものでは、理念それ自体が感覚的形態をとっている。

09-02 ：多成分的岩石では理念的に存在する諸素材が実際に分離している

数種の岩石が集まってできた岩石[5]についてゲーテは、本来、理念的には一つの塊として存在している諸素材が実際に分離していると考えた。1807年11月25日（58歳）にはレオンハルト[6]宛てに次のように書いている。

> 以下のことを喜んで告白したいと思います。つまり、他の人が遷移的と見るものに私がしばしば同時的な作用を見出している点です。また他の人が礫岩とか瓦礫の寄せ集めの焼き固めとかと考えている岩石を、多起源的な塊からなり、それ自体の中で分離し、分割し、さらに硬化することによって現状に固定化されたものと見ている点です[7]。

09-03 ：地質的形成すべてを内的なものと考えた

ゲーテは、この考えを多くの無機的形態形成に適用するところに

---

5 訳注：長石、雲母、石英からなる花崗岩がその一例

6 人物注：レオンハルト、カール・ツェーザー・フォン　Leonhard, Karl Cäser von (1779-1862) ミュンヘンとハイデルベルクの地質学と鉱物学の教授。彼の『鉱物学のハンドブック』に若干貢献していて、レオンハルトの地質学表でも共同研究していた。

7 『ゲーテ自然科学論集』Bd.2 S.154-161 にこの手紙は転載されていて、引用は S.155

までは至らなかった。地層における秩序も、その本性からして素材に内在する理念的な形成原則から説明しようとするのが彼の考え方の流儀であった。その当時広まっていたアブラハム・ゴットロープ・ヴェルナーの地質学的な見解はこのような形成法則を考慮せず、すべてを水の力学的な作用に帰していたので、ゲーテはこれには賛同できなかった。ジェームズ・ハットンによって提唱され、アレキサンダー・フォン・フンボルト、レオポルト・フォン・ブーフなどが支持した火成論、つまり個々の地球の発展段階を物質に起因するすさまじい革命によって説明するやり方にはそれ以上に反発していた。この考え方では、火山的諸力によって突然に大きな山脈を出現させている。そうしたとてつもない力による生成などは自然の本性に矛盾するとゲーテには思われた。地球の発達法則がある時点で突然に変化し、長期間少しずつ作用した後にある時点から「隆起し陥没し、押しならし、つぶし、かき混ぜ、ばらまき」[8]というように現れることの根拠が彼にはわからなかった。自然の現れはあらゆる部分で一貫していて、神性すらも自然内の法則を一切変えられないかのように彼には思われた。自然法則を彼は不変のものとして捉えた。現在の地球表面を形成する諸力は、その本性からしてあらゆる時代で作用していたはずである。

09-04 ：小石の氷河による移動ではゲーテの考えが活きた

上述の観点からゲーテはどのようにして礫がその場にやって来たかを自然なかたちで説明している。その礫はレマン湖畔で広範に見られ、しかもその性質から見て遠方の山地から崩れて来たものである。彼とは反対の見解では、はるか遠方のすさまじい山地の隆起

---

8 遺作の『様々な公言』『ゲーテ自然科学論集』Bd.2 S.313:「この立派な男（製塩所長）が何をもって製塩所を始めるかという根拠は、層形成の一貫性についての私の昔の考えを裏付けてくれた。また逆に、隆起し陥没し、押しならし、つぶし、かき混ぜ、ばらまき、といったことの信憑性はしだいに薄れていった。こうしたものは前に述べた私の知見とは完全に反するものであるから」。

によってそうした礫が現在の場所に吹き飛ばされて来たと考えられていた。ゲーテは、現在も見出せる諸力の中から現象を説明するのにふさわしいものを探した。そして、そうした諸力が氷河の形成で作用しているのを見つけた。すると、現在でも礫を山地から平野へ運ぶ氷河が、かつては現在よりもはるかに大きく広がっていたと仮定するだけでよくなる。つまりかつての氷河は、砂利を現在よりもはるかに長い距離で運んでいた。そして氷河の広がりがなくなると、礫がそこに残った。これと同様なやり方で、北ドイツの低平地に見られる花崗岩の塊が現在の場所にたどりついたとゲーテは考えた。漂石に覆われた陸地部分がかつては氷河に覆われていたと考えられるためには、非常に寒い時期があったと仮定する必要がある。アガシーが独自の道で同じ結論に到達し、それを 1837 年のスイス自然研究協会に発表したことで、このゲーテの仮説は学問の共有財産となった。多様な動植物が進化した後に地球の大陸全土を覆った寒期、それは最近では著名地質学者たちに人気の研究対象である。ゲーテがこの《氷河期》の現象について個々に述べている事柄は、後代の研究者の諸観察に比べてさほど重要ではない。

09-05：化石形成をゲーテの基本的思考法から解明した

彼の全般的自然観から極寒期を仮定したことが正当であったのと同様に、化石化の本性についても彼の自然観から正しい見解に達している。ゲーテ以前の学者たちもこうした形成物に太古の生物の残滓を認めていた。しかし、この正しい見解が大勢を占めるようになったのは極めてゆっくりで、ヴォルテール（1694-1778）ですら石化した貝を自然の戯れと考えていた。この領域である程度の経験を積んだゲーテは、生命の残滓としての化石がそれらが出土する地層と自然な関係にあることを認識した。つまり、こうした生物はその地層が形成された時代に生きていたという意味である。こうしたことを彼はメルクに宛てた 1782年1月27日（32歳）の手紙で次のように述べている。

あなたが言う地層上部の砂層のあちこちに見られる骨の破片は、確信を持って言えますが、最も新しい地質時代、とは言っても私たちの通常の時代区分と比べると非常に古い時代のものです。この時代にはすでに海は後退していましたし、それとは逆に河川の幅は広く、流速は海の水位に対する関係でさほど速くなく、おそらく現在より速いことはなかったでしょう。それと同じ時代に砂と泥と混ざったものが幅広い谷の全体で堆積し、海の後退にともなって水が引き、流れは中央部のわずかな河床だけを侵食しました。その時代には、サイやゾウが私たちの地方にも削り取られてできた山地に生息していましたし、それらの死骸は森の中の流れを下って、谷間の大きな川や湖に流れ出し、その底で多少なりとも泥と混ざりあって保存され、現在では鍬を入れた時や何らかの偶然で掘り出されるのです。上述の成り行きで、化石類を上層の砂地、つまり地表の主な外皮部分が完成し太古の川によって洗われた場所で発見されると私は以前に述べました。岩石化の時代区分を混乱したままではなく、地質時代と関連させて整理する時が近いうちにやって来るでしょう。

09-06 ：ライエルの地質学とゲーテとの共通点と相違点

ゲーテは繰り返し、ライエルによって確立された地質学の先駆者と言われた。ある地質時代から次の時代への転換を説明するために、この地質学もまた破壊的な変革あるいは破局といった仮定はしていない。この地質学では、過去の地表の変化を現在も行われている出来事と同じものに還元していく。しかし、現在の地質学が地球生成の説明に物理的・化学的な諸力だけを考慮している点は見逃す訳にはいかない。それに対しゲーテは、塊の中で作用する、物理学や化学で知られているものより高次な形成原則としての諸力を仮定している。

第10章
大気の現象についての考察

■ **ゲーテは気象を生きた地球の作用として捉えようとした 01〜04**

10-01 ：ハワードによる気象学への誘い

1815年（65歳）にゲーテはルーク・ハワード[1]の『雲の自然史と物理の試論』を知った。彼はこれに刺激され、雲の生成と天候的関連についてより厳密に考え始めた。確かに彼は以前からこうした現象を多く観察しているし、スケッチもしている。しかしながら経験した事柄をまとめるには、彼にはまだ「全体の展望や学問的な関連知識」が欠けていた。ハワードの論文では、多様な雲の生成がいくつかの基本フォルムに還元されていた。ここでゲーテはそれまで彼にとって未知であった気象学に糸口を見つけている。それというのも当時のこの学問領域のやり方から何かを得ることは、彼の本性からして不可能であったからである。

> ハワードが数字や素描で表にまとめた複雑な気象学を理解することは、 — 私の本性では不可能であった。総合の部分が私の性分や生き方に沿っていると思えたので嬉しかった。なぜならこの無限である全体の中ではすべてが永遠で確実な関係におかれ、あるものが他のものを生じさせ、あるいは相互に生じさせ合っているからである。そうして私は眼と

---

1 人物注：ハワード、ルーク　Howard, Luke(1772-1864) イギリスの薬学者、実践的化学者、気象学と植物学に傾倒し、特別な観察能力でそれを進めた。『ハワードを讃える追想』でゲーテは彼の雲の詩を書いている（WA.第2部、第12巻、39〜42頁）。また、彼の希望でハワードの略歴の翻訳を『自然科学にむけて』第2巻に収録している。（ルーク・ハワードからゲーテに宛てて。WA. 及び『ゲーテ自然科学論集』Bd.2 S.352）

いう感覚で捉えられるものをより鋭く見て、大気や地上の現象の成り行きを気圧計や温度計と関係づける習慣をつけた —— 2。

10-02 ：気圧の変化をゲーテは地球の呼吸と捉えた

気圧計の状態があらゆる天候の様子と正確な関係にあったので、大気の状況についてのゲーテの観察では気圧計が中心を占めるようになった。この観察を続けるほどに、ゲーテは以下の認識が深まったと思った。「近くでも遠くでも、緯度差、経度差、高度差がかなり違う観察地点での」気圧計の水銀柱上下の様子から、ある地点での気圧計の水銀柱の上下が他の場所での上下とほぼ同じ大きさで、時間的にも連動していることを認識したように思う3。この気圧計の規則正しい変化から、これには地球外からの影響はないとゲーテは推論した。もし月や惑星や季節からそうした影響が及ぶとし、潮の満ち引きに相当するものを大気に想定してしまうとこの規則性は説明できない。そうだとしたら、これらの影響は異なる場所の同じ時間では違ったものにならなくてはいけない。もしその原因が地球自体の範囲内にだけ現れるなら、この規則性を説明できるとゲーテは考えた。水銀柱の高さが気圧に左右されるので、地球が大気全体を圧縮したり拡張させたりしていると考えたのである。大気が圧縮されると、圧力が高まり水銀柱が上昇し、拡張時には逆のことが起こる。ゲーテは繰り返される大気全体の収縮・拡張に、地球の引力の作用を受けるある可変要素を付け加えている。この可変的な力の増減は地球の何らかの固有の営みがもとになっているとし、それを生体の呼吸と比較している4。

---

2 『ハワードによる雲の形態』のまえがき、潮出版『ゲーテ全集第14巻』、293頁

3 『気象学の試み』潮出版『ゲーテ全集第14巻』、275頁

4 『気圧計』潮出版『ゲーテ全集第14巻』、275-276頁 & 286頁 及び『ゲーテとの対話』1827年4月11日を参照。

10-03 ：気象現象を物理的だけとは考えていなかった

　さらにゲーテは、地球も単に力学的に作用するのではないと考えた。地質学的事柄を純粋に力学的、物理的に説明しなかったのと同様に、気圧計の振れもそうは説明しなかった。彼の自然見解は現代のそれと真正面から対立している。現代の自然見解では、その基本定理にしたがって大気の事柄を物理学的に捉えようとする。異なる場所の大気の気温差が気圧の違いの原因となり、温暖地域から寒冷地域への空気の流れをつくり、湿度を高低させ、雲を生成したり雨を降らせたりする。これらあるいはこれに類する要因で気圧の変化、つまりは気圧計の上下を説明する。引力の増減というゲーテの考え方も現代の力学的な諸概念とは矛盾する。現代の考えでは、ある地点の引力は常に同じである。

10-04 ：ゲーテが力学を採用した場面

　ゲーテが力学的な考え方を応用したのは、観察によってそれが望まれる場合だけであった。

ゲーテとヘーゲル

第11章
ゲーテとヘーゲル

■ **ゲーテもヘーゲルも思考の観察にまでは至らなかった 01〜02**

11-01 ：ゲーテは理念界の入り口で止まった

ゲーテの世界考察にはある種の限界がある。彼は光や色彩の現象を観察し根源現象にまで達したし、植物界の多様性を的確に見渡し感覚的・超感覚的である原植物に到達した。しかし根源現象や原植物よりさらに上の説明原則にまでは昇っていかない。彼はそれを哲学者に任せた。

> 経験の高みにまで昇って、後ろを振り返れば経験を各段階で見渡すことができ、前方には足を踏み入れることはないにしてもそこを垣間見ることができる理論の王国がある、その地点で彼は満足する[1]。

ゲーテは現実の観察を、理念が眼前に迫るところまで進める。諸理念同士の相互関係、理念世界においてあるものが別のものを生みだす様子などの探究は「経験の高み」より上にある課題であり、ゲーテはその手前で立ち止まった。ゲーテは言う。

> 理念は永遠で一なるものであり、複数形を用いるのは適切ではない。私たちが知覚し、それについて語りうるすべての事柄は、理念の開示にすぎない[2]。

しかしそうであるなら、たとえば植物の理念や動物の理念といった現象においての理念は唯一理念の多様なる現れでなくてはならず、

1　『色彩論、教示編』720 番、潮出版『ゲーテ全集第14巻』、435頁

2　『箴言と省察』『ゲーテ自然科学論集』Bd.5 S.379.

これらの理念も一つの基本形に帰着しなくてはならない。それは
ちょうど植物器官を葉に帰着させられるのと同じである。個々の
理念も異なった現象として現れるにしろ、その真の本質は同一で
ある。

★　ゲーテ的世界観においては、植物のメタモルフォーゼを語れるの
と同様に理念のメタモルフォーゼを語ることもできる。この理念
のメタモルフォーゼを提示しようと試みたのがヘーゲル[3]である。
したがって彼は、ゲーテ的世界観の哲学者である。最も単純な理
念である純粋《存在》から彼は出発する。この純粋《存在》の中に
世界現象の真実在的形態が完全なかたちで隠されている。世界現
象の真実在的形態が持つ豊かな内容はやがて血の気のない抽象に
なっていく。ヘーゲルが純粋《存在》から内容豊かな理念世界全体
を導き出したことに人は異を唱えた。しかしこの純粋存在は、《理
念としては》すべての理念世界を内包しているし、それは葉が理念
としては全植物を内包しているのと同じである。ヘーゲルは、純粋
に抽象的存在から理念が直接に現実の現象となる段階まで理念の
メタモルフォーゼをたどった。哲学の現象それ自体を、彼はこの最
高段階と見なした。というのは哲学においては、世界で作用する理
念がその最も根源的な形態で見られるからである。ゲーテ流に言
うと次のようになるかもしれない。理念は哲学において最大限に
展開し、理念は純粋存在において最も収縮している。

★　ヘーゲルが哲学において理念の完全なるメタモルフォーゼを見た
という事実が、彼自身が真の自己観察にはゲーテと同様にほど遠
かったことを証明している。ある物が知覚、つまり直接の営みに

---

　3 人物注：ヘーゲル、ゲオルグ・ヴィルヘルム・フリードリヒ　Hegel, Georg
　Wilhelm Friedrich (1770-1831) イェーナでの哲学教授時代（1801 から 07）
　にゲーテと近い関係にあった。彼らの学問的な意見交換や相互の精進は生涯を
　通じていた。ヘーゲルは特に色彩論の基礎についてゲーテのニュートンに対す
　る闘いを支援した。

おいてそれが持つ内容を完全に展開したとき、その物はメタモル
フォーゼの最高段階に達している。しかしこの哲学においては、世
界の理念内容は営みという形態ではなく思考産物という形態で内
包されている。生きた理念、知覚としての理念が得られるのは人間
自身の営みを観察するときだけである。

★　ヘーゲル哲学は自由の世界観ではない。なぜなら世界内容の最も
高次な形態を人間人格という基盤に求めていないからである。こ
の基盤に立つならば、あらゆる内容が完全に個的なものになる。
ヘーゲルはこうした個的なものを求めたのではなく、普遍的なも
の、つまり属を求めた。それゆえ彼は、社会道徳的なものの源泉を
人間の個に求めるのではなく、社会道徳的な理念をも包括すると
される人間外の世界秩序に求めた。人間は自身で自分に社会道徳
的な目標を与えるのではなく、社会道徳的な世界秩序に自らを組
み入れると言う。（人格といった）個々であるもの、個的であるも
の、それがその単一性に固着してしまうと、ヘーゲルにとってはまさ
に最悪であった。全体の中においてはじめて、その個的なものは価
値を受け取る。これはブルジョワの解釈であるとマックス・シュ
ティルナーは言った。

　　　かの詩人ゲーテも哲学者ヘーゲル同様、客観に対する主観の
　　　依存性、客観世界に対する従順性などを称賛していた[4]。

これはもう一つ別な一方的な考え方である。ゲーテもヘーゲルも
自由への観方が欠けているし、それは両者とも思考世界の最奥の本
性から目を逸らしているからである。

★　ヘーゲルは自分を完全にゲーテ的世界観の哲学者と感じていた。
彼（50歳）は1821年2月20日にゲーテ（71歳）に宛てている。

　　　閣下が的確にも根源現象と命名された単純かつ抽象的なる

---

4 Max Stirner, *Der Einzige und sein Eigenthum* Leipzig 1882, S.108.
(Kap.3, 1: Der politische Liberalisums).

ものをまずは頂点に置き、次により具体的な諸現象をさらなる諸作用や諸状況が付け加わりつつ発生してくるものとして提示し、単純な条件から複雑なものへと順次進ませ、錯綜したものをこのように構築し直すことでそれらの様子が明確に現れるように整理なさいました。根源現象を洗練なされ、他のもの、つまり偶発的な付帯状況から開放され、われわれが通常言うところの抽象として把握なされること、私はこれをこの領域におけます精神の偉大な自然感覚と見なさせていただいております。

—

閣下におかれましては、そのような高みにある根源現象に私ども哲学者が持ちます関心、そのようなお手本をまさに哲学分野で応用しうるという特別な関心をお伝えすることをお許しください。— 私どもは、当初は牡蠣のごとく頑固で灰色あるいは漆黒の絶対物をとうとう明るみへと引きだしたのでありまして、それはまた同様なものを求めておりますので、ここで私どもはそれを完全なる白日に引き出すために窓を必要としております。私どもの模式は、それを私どもが触れうる世界の彩られた仲間に組み入れようなどといたしますと、ぼんやりと漂ってしまうことでしょう。ここにおきましては、閣下、根源現象がとりわけ的確なのであります。この薄明の中で、その単純さのゆえに精神的で把握可能であり、その感覚性のゆえに可視的あるいは掌握可能であり、— 二つの世界が互いに挨拶を交わすのであります、私どもの漠然としたものと現れ出た現存とが[5]。

---

5 ヘーゲルがゲーテに宛てた手紙は、ゲーテが短縮し、書式を簡単にし、*Neueste aufmunternde Teilnahme* というタイトルで、*Zur Naturwissenschaften* に再録している。本来の日付である 2 月 24 日の代わりにゲーテは 2 月 20 日としている。『ゲーテ自然科学論集』Bd.5 S.272-275：この箇所についての R. シュタ

11-02 ：自己知覚を避けたことの可否

　ゲーテの世界観とヘーゲルの哲学とが完全に対応するとしても、ゲーテの思考成果とヘーゲルのそれとに同等の価値を認めようとしてしまうと、大変な誤りを犯すことになるだろう。両者には同じ考え方が生きている。両方とも自己知覚を避けている。しかしゲーテは、この知覚が欠如していても有害にならない領域で考えを進めた。彼は理念世界を決して知覚としては見ていない。そうではなく彼は理念世界に生き、彼の観察にそれを浸透させていた。

★　ヘーゲルもゲーテと同様に、理念世界を知覚としても観ていないし、個的な精神存在としても見ていない。しかしヘーゲルはまさに理念世界について考えを進めた。それゆえこれは多くの方向においてうまくいっていないし、真実でもない。もしヘーゲルが自然を観察したならば、実際それはゲーテのものと同様な価値を持ったであろう。そして、もしゲーテが哲学的な思想体系を作りあげようとしたならば、自然観察においては彼を導いてくれた物の観方、真の現実の確実な物の観方から離れてしまっただろう。

イナーの注を見よ。

1918年新版へのあとがき

新後-01：自然観ではなく世界観を述べた

本書の出版直後に、これはゲーテの《世界観》ではなく《自然観》の像だという批判をいただいた。外面的に見ると本書がほぼゲーテの自然理念だけを扱っているにしろ、この判断の根拠が正当だとは私は思わない。というのは、ゲーテは世界現象を観るにあたって非常に決まったやり方をしていて、そのやり方がこの自然理念の基盤になっている点を本書で示したと思っているからである。さらに私は本書で、ゲーテが自然現象に取り組む際にとっていたある立脚点を受け入れると、心理学的、歴史学的な世界現象についても特定の見解に導かれうることを示したと信じている。ゲーテの自然観において一つの特定領域に向けた発言とはまさに世界観であって、単なる自然観、つまりその考えがより包括的な世界像へと繋がることのない人物が持つ自然観とは異なるのである。さらに、私が本書で述べたと思っているのは、ゲーテ自身が彼の広大な世界観から築き上げた領域と直接に繋がっている事柄だけである。ゲーテの詩作や芸術史的な理念などに現れる世界像を描き出すことは、もちろん可能であるし、非常に興味深いことは間違いない。しかし本書の姿勢を見る人なら、この著作にそうした世界像を求めないだろう。そうした人であれば、ゲーテ自身の著作の中に存在し、しかもその一歩一歩が遺漏なく記述された部分に基づいてゲーテの世界観を描写することを私自身の課題にした点に気づいていただけるだろう。ゲーテは特定の自然領域でこの世界像の遺漏なき仕上げに成功しているにしろ、その仕上げを中断してしまっている地点を私は幾つかの箇所で示唆している。世界や生命に対して

ゲーテは非常に幅広く見解を表明している。彼の根本にある世界観からこうした見解が生じる様子は、彼の自然領域の作品以外からではこれ以上にわかり易く示すことはできない。他の領域では、ゲーテの魂が世界に現したものがわかりやすくなるだろう。また自然理念の領域では、一つの世界観をある限界まで一歩一歩身に付けていった彼の精神の基本的な歩みがわかるだろう。ゲーテの思考作業を素描するにあたって、彼自身の中で思考的に完結した世界観の作品として仕上げたものだけに限定することで、彼のそれ以外の生涯の作品の特色がいっそう際立つだろう。それゆえ私は、ゲーテの生涯の作品全体が語り出す世界像を描こうとはせず、彼自身の中ではっきりと形をとり、世界観が思考的に表現された部分を元に世界観を描こうとした。それ自体で完結した世界観像、あるいは個人的な関連にとどまると思われる世界観像もあるにしろ、これほど偉大な人格から生じる観方はそのような世界観像の部分などではない。つまりゲーテの自然理念とは、ある世界観像のそうした完結した作品である。そしてそれは自然現象を照らすものであり、単なる自然見解ではなく、ある世界観の一部なのである。

＊　　　　　　＊
＊

新後-02: 霊学的著作と本書の関係

本書を目にした人が、私の観方が本書の出版以降に変わっていると非難することに私は驚かない。それはこうした判断の前提条件が私にはわかっているからである。『哲学の謎』のまえがきや、雑誌『王国』[1]で、私の諸著作での矛盾探しについてすでに述べている。

---

1 著者注：『アントロポゾフィーとしての霊学と現代の認識論』、『王国』第2年目、第2冊、*Die Geisteswissenschaft als Anthroposophie und die zeitgenössische Erkenntnisstheorie: Philosopie und Anthroposophie. Gesammelte Aufsätze 1904-1918* GA.35, 1965. S.307-331.

異なる領域の営みを捉える際には、私の世界観が異なる振る舞いをせざるをえない点をまったく見過ごすと、こうした詮索が可能になる。

★ ここで再度、この問題に全面的には立ち入ろうとは思わないにしろ、このゲーテについての本と関係するいくつかの点を指摘したい。この16年間に私が述べてきたアントロポゾフィーに基づいた霊学にはある認識方法が含まれている。そして、ゲーテ的自然理念を理念相応の仕方で自らの魂内に生かすことから出発し霊的領域への認識体験の拡張を目指すと、到達可能な霊的世界内容を得るための認識方法に必然的にたどり着く。つまり、この霊学はある自然科学を前提としているし、それがゲーテの自然科学であるというのが私の見解である。これは、私が提示してきた霊学がゲーテ自然科学と矛盾しないという意味だけではない。というのも、それぞれの主張が論理的に矛盾しないだけではさしたる意味がないことは承知しているからである。論理矛盾がなくても現実にはまったく成り立たないこともある。そうではなく、ゲーテは実行していないにしろ、もし自然界での体験を霊界での体験に上昇的に移行させるなら、自然領域に対するゲーテの理念は、それが実際の体験であれば、必然的に私が述べてきたアントロポゾフィー的認識に導かれることを見通しているからである。後者の体験がどのようなものかは、私の霊学的な著作で読むことができる。こうした根拠から、1897年の初版と本質的に変わらない内容のこの再版を、私が霊学的著作を発表した後である現在こうして公開するのである。この中で述べられた考えは、私の中では現在もなお不変の有効性を保っている。ただ一カ所だけ、考えの基本姿勢ではなく、論述のスタイルを変更した。20年を経てある本のここそこを数カ所で文体を変更したいと思うことはやがて当然と思われうるだろう。それ以外の点での旧版と新版の違いは、いくらかの拡張だけで、内容的な変更はない。霊学にとっての自然科学的な土台を求める者は、それを

ゲーテの世界観に見出せると私は考えている。それゆえゲーテの
世界観に関する著作も、アントロポゾフィーを指針とする霊学に取
り組もうとする人にとって意味があると思われる。しかし本著作
は、本来の霊学との関連をまったく抜きにして、ゲーテの世界観そ
のものの考察を目指していると見なしていただきたい[2]。

---

2 著者注：霊学的特有の観点からゲーテについて述べた事柄は、拙著『ゲーテの
精神のあり方とファウスト、蛇と百合のメルヒェンを介したその開示』に若
干述べられている。*Goethes Geistesart in ihrer Offenbarung durch seinen
'Faust' und durch das 'Märchen von der Schlange und Lilie'* 1918, GA.22

補足的な注

補注-01: 字面の矛盾に囚われる人の思考法

この『ゲーテの世界観』を批判する人物[1]が、本書の 1897年初版の
プラトニズムについての記述と、ほぼ同時に出版されたゲーテの自
然科学論集の第4巻の序論における記述を照らし合わせると《矛盾》
が掘り出されると考えていた。その序論では次のように書いた。

> プラトン哲学というのは、人類の精神から発した思想体系の
> うちの、最も崇高なものの一つである。プラトンの観照方法
> が哲学において健全なる理性に敵対するとみなす点は、この
> 時代における悲劇的な兆候の一つである[2]。

対象を様々な側から観察し、違って表現することはある種の精神
の持ち主には難しいのだろう。私には、プラトニズム自体の本質を
理解した上で、プラトニズムをさまざまな関連で表現する必要が
あった。字面を追うのではなくそうした関連をしっかり理解すれ
ば、プラトニズムに関する私の種々の発言には何の矛盾もないこ
とをただちに理解するだろう。一方で人がプラトニズムを健全な
理性に敵対すると見なすのは悲劇的な兆候である。なぜならそう
考えるのは、感覚的観照を唯一の現実と見なす立場に固着してし
まった場合だけだからである。またプラトニズムでは理念世界と

---

1 著者注：『カント研究 3』、1898年、Karl Vorländer: *Kant, Schiller, Goethe.*
Kantstudien Bd.3, jg.1899, S.130-141: R. シュタイナーのこの論文とのやり
取りを参照。『ゲーテ自然科学論集』Bd.5 S.343.『箴言と省察』へのまえがき
に対する脚注 GA.1.1973, S.336/337.

2 『色彩論、歴史編』の『プラトン』についての記述に対する R. シュタイナー
の脚注を参照。『ゲーテ自然科学論集』Bd.4 S.26.

感覚世界が不健全に分離していると見るなら、これも理念と感覚的観照との健全な観方から逸脱している。そうした考え方をしてしまうために生命諸現象に思考的に入り込むことができない人は、何を捉えても現実の外側に居る。ゲーテと対話せんとして、豊かな生命内容を制限するために一つの概念に執着する人がいる。そうした人は、生命というのは種々の関連を築き上げていて、さらにその関連は作用する方向に合わせて方向ごとに異なった作用を示すことを感じ取りすらしない。十全な生命の洞察の代わりに模式的概念を置けばそれはもちろん安易である。そうした概念から判断を簡単に下すこともできる。しかしそれをやり通しても本質を欠く抽象に生きているだけである。悟性内での概念を物体同士を扱うのと同じようにしか扱えないと考えると、諸概念はそうした抽象化に陥っていく。そうではなくこうした諸概念は一つの物体を様々な角度から撮影した複数の写真と同じである。物は一つで、写真は多数である。そして一枚の写真に限定せずに、多くの写真を見渡すことでその物の観照に近づく。現実に徹頭徹尾入り込もうと努力する観察、つまり一つの現象に対する多方面からの観察において《矛盾》をほじくり出そうとする傾向が残念ながら多くの批判に見受けられるので、この新版ではプラトニズムの記述を変更する必要を感じた。第一に、関連を見ればすでに20年前にまったく明らかと思われた事柄をさらに明確にすべく文体を少し変えた。第二には、本書の記述の近くに私の別著の記述を置くことで、二つの記述が完全に矛盾しないことを示した。この両者に矛盾を探しだそうという趣味をお持ちの方のためには、二冊の本を突き合わせる労を節約してさしあげた。

訳者あとがき

本書は Rudolf Steiner 著 *Goethes Weltanschauung*、初版 1897年、第2版 1918年を経た 1985年版の全訳です。訳者にとっては R. シュタイナーの認識論関係の翻訳、出版は『ゲーテ的世界観の認識論要綱』、『自由の哲学』に次いで 3 冊目となります。アントロポゾフィーの基礎を確実なものにするという課題を自らの使命と感じ、その分野で一歩を進めることができることを嬉しく思っています。

★ さて仕事を進める中で、R. シュタイナーの認識論が現代日本の多くの人に難しく感じられ、唯物論的認識論ばかりが広がっていく理由もしばしば考え、それらを当面は以下の 3 つに集約しました。

1. 理念（イデア）を思考で捉える習慣と能力の不足
2. 芸術的創造に向けた活動と能力の不足
3. 理念が対象物側にあり、そこで実効を発揮することで森羅万象が成り立っているというヴィジョンの欠乏

★ まず 1. について具体的に考えてみましょう。10000 枚のカエデの葉を見比べると、そこには《まさに同じ形》と言える葉はけっして見つからないことがわかります。

> 形は微妙に少しずつ違うのに私たちがそれを同じ植物と判断できるのはなぜでしょうか。

この問いに誠実な結論を得ますと 1. の問題は徐々に解消します。

★ 2. の問題は、現代日本人には芸術的創造に向けた活動が不足していて、その能力も当然不足している点にあります。この活動を R. シュタイナーの言葉で表現すれば「理念に感覚知覚可能な素材を与えること」です。たとえば『走れメロス』では「友情」という理念に太宰治が言葉という素材を適切に与えています。もしこの「友

情」をテーマに絵画、作曲、彫刻などの創造を試みますと、多くの人が困難を感じるでしょう。この精神的な産みの苦しみとも言うべき活動が決定的に不足しています。R. シュタイナーの言う芸術は深く真摯な言葉です。

★ 3. の問題は 2. とも関係します。たとえばカエデが内に宿している理念には、カエデ自体を現出させる創造的な力があります。この力に気づいている人はごく僅かですが、現実に作用しています。そして「理念の現出」という意味において、この力は人間における芸術的創造力と同質です。つまり芸術的創造力が活き活きとしている人物、たとえばゲーテのような人物では自然界に存在する理念の力、生体を現出させる力を容易に感じ取れるのです。逆に芸術的創造力が弱い場合には、理念の力を感じ取ることができず、「理念とは自然界とは無関係に私の頭の中で作り出されるもの」という体感になってしまいます。この誤りから脱却するためにも、上述のイメージで自然界やそれに関連する理念を捉える必要があるのです。

★ 1. の種明かしをしましょう。カエデの葉を見ても知覚としては《同じ》とは言えないものの、カエデの葉を形成している法則、言い換えるとカエデの葉の理念は共通していることを私たちは見て取っているのです。そして、法則や理念は目には見えず、感覚知覚ではなく思考によって捉えています。このことを自覚するだけでも《理念》のリアリティをより明確に感じ取れると思います。

★ 末尾になりましたが、謝辞を述べさせてください。原稿に丁寧に目を通してくださった寺石悦章氏、沖廣晴美氏、向井宏志氏、下藤陽介氏には何度も助けられましたし、向井氏にはカヴァーのデザインもしていただきました。また本書の出版を引き受けてくださり、日本のアントロポゾフィー運動に格別のご尽力を頂いているイザラ書房社主の村上京子氏には格別のお礼を申し上げます。

2022年 冬、森 章吾

214

ルドルフ・シュタイナー（Rudolf Steiner）

　哲学博士。1861年旧オーストリア帝国（現クロアチア）クラルイェヴェクに生まれる。1925年スイス、ドルナッハにて死去。ウィーン工科大学で、自然科学、数学、哲学を学ぶ。1891年ロストック大学にて哲学の博士号を取得。

　ウィーン時代に出会ったゲーテ学者のカール＝ユリウス・シュレーアーの推薦を受け、当時22歳だったシュタイナーは、キュルシュナー版ゲーテ全集の自然科学論文集の編集を担当した。この全五巻の論文集にはゲーテの形態学、鉱物学、地質学、気象学、光学、色彩論の論文が収められ、シュタイナーはそれぞれにまえがき、脚注、解説を書いている。さらに、ゲーテの認識方法がシュタイナー自身のそれと完全に重なることを知り、ゲーテ自身は明文化しなかった認識論を『ゲーテ的世界観の認識論要綱』としてまとめ、処女作として25歳の時に出版した。後にシュタイナーは、その後40年間、一貫してその方法論を貫いたと述べている。

　その後、ゲーテ研究家、著述家、文芸雑誌編集者としてワイマール、ベルリンで活躍し、二十世紀に入って神秘思想家として活動を始めた。その後これは、二十世紀以降の人類のために、新しい精神的な世界観、人間像への道を開く精神科学であるアントロポゾフィー運動になっていく。スイス、ドルナッハに自ら設計したゲーテアーヌムを建設し、一般アントロポゾフィー協会本部とした。

　現在、シュタイナーの精神科学は、学問領城にとどまらず、世界各地に広がっているシュタイナー教育（自由ヴァルドルフ学校）運動をはじめ、治療教育、医学、薬学、芸術（建築、絵画、オイリュトミー、言語造形）、農業（バイオダイナミック農法）、社会形成（社会有機体三分節化運動）、宗教革新運動（キリスト者共同体）など、さまざまな社会的実践の場で、実り豊かな展開を示している。

　『ゲーテ的世界観の認識論要綱』『自由の哲学』『神智学』『いかにして高次世界を認識するか』『神秘学概論』などの主要著作のほか生涯をとおして6000回に及んだ講演は、全354巻の『ルドルフ、シュタイナー全集』に収められ、スイスのルドルフ・シュタイナー出版社より刊行されている。

森　章吾

1953 年　　東京生まれ

1978 年　　東京大学農学部農業生物学科卒業

1978 年より千葉県立高校、生物科教諭（7 年間）

1989 年　　シュツットガルト、シュタイナー教育教員養成・高学年教員クラス修了

1992 年　　ドルナッハ、自然科学研究コース修了

2006 年より京田辺シュタイナー学校で自然科学エポック講師

2011 年より藤野シュタイナー学園高等部で数学エポック講師

2013 年より北海道いずみの学校高等部で自然科学エポック講師

2019 年より愛知シュタイナー学園高等部で自然科学エポック講師

訳書：　　『フォルメン線描』筑摩書房、『シュタイナー学校の数学読本』ちくま文庫、
　　　　　『シュタイナー学校の算数の時間』『子供の叱り方』水声社、『音楽による人間形成』
　　　　　風濤社、『秘されたる人体生理』『ゲーテ的世界観の認識論要綱』『自由の哲学』
　　　　　イザラ書房

論文：　　『人体骨格におけるレムニスカート構造』（独文）『理念としての原植物』、
　　　　　『モルフォロギー…魚類の考察』『ゲーテ形態学の方法が示す龍安寺石庭の意味』

Facebook「R. シュタイナーから学ぶ」を開設

ゲーテの世界観

発行日　　2023 年 1 月 25 日　初版第 1 刷発行

　　　　　2023 年 2 月 25 日　　　第 2 刷発行

著　者　　ルドルフ・シュタイナー

訳　者　　森　章吾

装　丁　　向井宏志

発行者　　村上京子

発行所　　株式会社イザラ書房

　　　　　〒369-0305　埼玉県児玉郡上里町神保原町 569 番地

　　　　　Tel. 0495-33-9216　Fax. 047-751-9226

　　　　　mail@izara.co.jp　https://www.izara.co.jp

Printed in Japan 2023 @Shogo Mori　ISBN：978-4-7565-0157-8　C0010